師弟請多憐惜
冬彌
圖·Drenbot

目錄

楔子

上元節，長街上張燈結綵，火樹銀花，讓未曾見過這般大場面的陸青兩眼發亮。

「師兄，那是什麼？」他指著小販掛於攤頂招攬客人的龍燈籠，色鮮紅如火、透豔似琉璃，無人不停下駐足觀賞。

「那亦是燈籠。」陸子衿讓他坐在自個兒肩上好看得更清晰些。

那條龍可謂精緻異常，龍頭雄霸威武、龍麟刻劃細膩、龍爪強壯猙獰，尤其那一身赤焰龍麟，想必是出自高人之手！這燈籠若是懸掛於家門之上，任何妖魔鬼怪均不敢來犯，定可保整年平安康泰。

「好棒！師兄，買這個買這個！」陸青敲打他師兄的頭頂，糖葫蘆的糖漿沾上少許，陸子衿只覺一陣黏糊，卻只是笑著任他胡來。

「那得多少人來扛？」陸子衿笑著搖頭，陸青還是個孩子，自然看到什麼新奇的便想要。

「師兄跟我就夠！你扛頭，我扛尾巴，回去嚇爹一跳！」

「那龍的肚子可要拖地了，回到家成條灰龍，師父倒真會嚇一跳。」

陸子衿說罷，仍是往那攤販靠近些，他想著既有如此大的龍燈籠，想必會有近似的，這一瞧果然找到混在尋常燈籠中的異樣，虧得他有一雙火眼金睛，否則一片通紅，哪分得出？

「這只好不？」他拿起一只燈籠遞給在頭頂上雀躍揮手的孩子，說這只雖小，卻也精緻，細瞧那眼還是漆了金的，可比上頭那隻龍有神太多，又方便拎著，實是上上之選。

「好！」

見陸青如此爽快應好，他也不必發愁，因此小販一口價三銅錢他也爽快付了。

「來，替您點上了火，小心點啊！」

陸青依舊待在他的肩膀上不下來，他也隨著師弟去，就這個小師弟最投他緣，怎能不寵？兩人維持這般姿勢緩慢行走，上元節人多，集市進來容易就怕出去難，雖以陸子衿的能耐他大可施展輕功而去，但陸青嚷著想多待一會兒，他便打消了念頭。

「只可再一會兒。」他估計著師父師母會擔心，便與陸青約定。

「好好好！師兄師兄，那兒有什麼？好熱鬧啊！」

陸青到底是個孩子，嘴上說好，卻隨即被遠處的熱鬧引去注意力，嚷著要陸子衿往那兒靠；陸子衿瞇眼瞧，看見幾團火光在空中飛舞，應是孩子們喜愛的掌煙花。

「想玩？」他仰起頭問道。

「想！師兄帶我玩！」

陸子衿一時心軟，便帶著他加入那群孩子一同嬉鬧，餘下的兩枚銅錢正好夠買幾只掌煙花。

「去玩吧，燈籠師兄拿著，玩完了便回家，師父師母等我們吃飯呢。」

「知道啦！」

陸青抓著掌煙花便與孩子們玩起來，你推我、我抓你，倒也歡快。

陸子衿拎著燈籠在一旁看著，餘光中燈籠的火忽大忽小地晃，晃呀晃、晃呀晃，似是越晃越大，越晃越大——

*

火越燒越大，一名紅衣女子站在沖天祝融前，眼底俱是憤恨。

「陸雲！你毀諾言，出來見我！」

她揚起軟劍，指向正抱著兩名孩子衝出火海的男人，那男人身上的白衣均已烏黑，甚是狼狽；懷裡的孩子哭著嚷「師母」，這兩個字傳進紅衣女子的耳中卻是刺耳至極，逼得她起殺心！

「小椿，妳護好他們。」

陸雲把孩子交給身後的女子，她則叮囑了句「留神」便將兩個孩子藏在身後退至一旁，就怕紅衣女子對孩子下手。

「妳有事衝著我來，為何燒屋！妳這是要置我一家於死地！」陸雲怒極，也拔出劍對準紅衣女子，劍身映著大火，已被燒到只剩數根梁柱支撐的房屋轟隆一聲崩塌，他們連忙往另一邊逃竄，就怕成為屋下亡魂。

直至此時，陸雲見著數道黑影於火光之中竄來溜去，身手靈活至極，也明白過來何以磚瓦製成的房屋會如此快速崩毀，定是這些黑影人先毀了泰半支撐之處，此時再以火焚燒，多處齊發，防不勝防。

「你毀諾言，理應讓我碎屍萬段！只燒你屋，算便宜你了！」紅衣女子眼中飽含淚水，卻仍頑強地抬高臉龐不讓淚水滑落，那些黑影人都是她的手下，怎能讓他們瞧見如此脆弱的一面？

她瞧著陸雲的臉龐，看進那雙充斥憤恨的眼底，卻瞧不見一抹愧疚……怎與她料想的不一樣？陸雲不是應該央求她原諒，解釋為什麼拋棄自己另娶他人嗎？若是這般，他到底是她深愛的男人，又有什麼不能原諒釋懷的呢？

「那諾言僅是一時之策，妳也明白的啊！」

陸雲的苦口婆心聽在她耳中宛如尖刺，眼前閃過許多事。

她拚命成為當家，肅清與她敵對的家門叛徒，用盡一切心思後前來迎接她的夫君，怎料卻見他另娶他人，甚至還有了孩子！這讓她怎麼能接受？

「你說謊！你分明與我約好要成親的，我都準備好了呀！」她吼得撕心裂肺、肝腸寸斷，聽在旁人耳裡只覺她定是受了天大的委屈。

「那些反對我們倆的人，我都處理掉了，你放心，你與我成親後就是當家了，誰敢不聽你的，就是與我這把劍作對！陸雲，我知道你只是怕我生氣，所以不敢說真話，我沒生氣，真的……」

「妳瘋了。」陸雲直盯著她，眼底滿是厭惡與惋惜，厭惡她竟是如此心狠手辣之人，也惋惜她曾經是個連兔子受傷都要哭上半天的女孩，究竟如何才能讓她改變如此之大？

這三個字是無形的暗器，摧毀了她內心僅存的期待。

「我瘋了……哈、哈哈哈、哈哈哈……我瘋了！我瘋了！」

紅衣女子不斷重複那三個字，邊說邊笑邊轉圈，紅袖舞動，在空中殘留道道紅痕，怵目驚心。

陸雲皺眉，朝後方三人使暗號讓他們躲遠點，這女人已然失去理智，墮入瘋魔之中無藥可救，與練功練至走火入魔之人毫無二致。

「我瘋了、瘋了、瘋了……」

陸雲的想法是正確的。

原先還嚷著「瘋子」二字的紅衣女子突然停下，癲狂之態卻未隨之消散。

此時的她不再狂笑，卻比方才更讓人膽顫心驚，陸雲闖蕩過江湖，自然明白這絕非好事。

在陸雲與另三人的注視中，紅衣女子舉起劍對著她曾經深愛過、直至方才都還深愛著的男人，為了他，她剷除異己，殺生無數，圖的只是他們倆的未來能平步青雲，絕非在這裡瞧他們夫妻情深！

「既然瘋了，那不幹點瘋事怎麼成呢？」她咧嘴而笑，原為了悅己者而容的大紅胭脂早已暈開。

刀光劍影之中，只能勉強識得一白一紅的殘影與雙劍互擊的聲響，她與他曾並肩抗敵多次，對彼此的招式極度熟悉。

紅衣女子雖陷入瘋狂，劍法凌亂卻無比犀利，招招皆往死穴而去，軟劍在她手中像蛇般柔軟，竟能纏住他的劍將其團團包圍。陸雲沒料到有此一招，虎口用力想抽回長劍，卻被一陣劇烈的痛感震得鬆手！

「這不是！嗚！」

陸雲的虎口上猛地多了一個黑點，約莫拇指般大，乍看以為是蟲子，待陸雲一把扯下時才發現那是一枚暗器，精緻異常，只因這暗器的出處來自長江沿岸一帶的暗器世家「繫緞坊」。

「這原是我的陪嫁。」

兩行淚痕滑過她的臉頰，花了妝，亦碎了心。

「若我能嫁給你，這暗器會是你的，你會成為全天下這獨一無二暗器『玲瓏鏢』的主人，屆時全江湖都要敬你五分、禮我五分，可惜呀……可惜……」她斂下眉宇，少許溫柔浮現臉龐，只這一瞬她還是那個會因著兔子受傷而哭上半天的小姑娘。

「陸雲，我再給你一次機會，若你應允……」

「妳瘋了。」陸雲道。

她眼眸一利，猛然瞪向仍把孩子護在身後的女人，殺意大起，第二枚「玲瓏鏢」轉瞬入手、射出，竟快得瞧不見！

「小椿！」

陸雲大吼，用盡全身的力量奔到他的摯愛身前，緊接著一陣劇痛從背上蔓延，紅衣女子的狂笑、妻兒們的哭聲與烈火焚燒之響宛如魔音，迴盪在這個癲狂無狀的夜裡久久不散。

*

陸子衿遠遠就瞧見火光沖天，不祥的預感攀上心頭，旋即抱緊陸青撒開腿跑！

「師兄？」陸青含著糖葫蘆，口齒不清，風裡帶著些許的熱，吹撫臉龐時他嗅著了陣陣焦臭，五官皺成一團，手裡的燈籠還因此熄了火，「師兄，臭的。」

「師兄知道。」陸子衿心裡焦急，腳下步伐越快。

待他回到家時，卻已不見家。

以木製成的家早已讓大火盡數吞噬，尚未燒完的則劈里啪啦響著，教人心底發寒，像跌入冰窖一般。

「怎會走水了？」

陸子衿不明白他不過上趟街與師弟買燈籠，怎地一回來就什麼都沒了？這裡理應有座四合院，那是他的家、陸青的家，如今卻成了一地殘骸。

傻愣不過是轉瞬的事。

鄰里早瞧見火光，紛紛提水來救，卻為時已晚，數桶水滅不了沖天火焰。待火勢稍弱，眾人才得以進屋查看，均不忍直視倒臥地上的幾具屍體，只因他們都受過陸家夫妻的恩惠，此情此景實在殘忍。

「啊！大的跟小的在這！」

一名婦人發現他們倆，忙不迭地往裡呼喊，地上的焦屍依稀能辨出是陸氏夫妻二人，可孩子們身高相差無幾，無人敢斷言是哪個孩子跟著他們倆一起去了，如今陸子衿偕陸青歸來，落實了屍體身分。

「怎麼回事？出門前、出門前還好好的呀！」陸子衿不敢相信地問道。

「我們也不知道呀！」那婦人道今兒個天冷，家家戶戶門窗緊閉，不知是哪戶的孩子瞧見沖天火光才知走水了，奔走告知，這裡不似城中輪焉奐焉，待眾人趕到早已來不及救人。

陸子衿甚覺鼻酸，咬著下唇不哭出聲，陸青在一旁瞧著不忍，遂拉扯他的衣袖。

「師兄，我們去找爹娘好不？」

這一撒嬌的要求讓他頓時醒悟。

是啊，陸青還這樣小，正是需要人照顧的年紀，自己怎能讓絕望擊垮？旋即提起精神，詢問婦人後鼓起勇氣往裡頭走。

不少人見著他們倆，皆以擁抱鼓勵，陸青年幼無知，一一回抱，如此天真之舉反倒教人心疼。陸子衿聽見有不少人低語他們之後的去處，幾位熱心善良的直說要收養他們，陸子衿卻暗暗發誓斷不可如此，這有違陸雲教誨，若真從之，豈非讓師父地下不寧？

經大火洗禮，已無法認出眼前這裡曾經是庭院，他與師弟妹們總在這裡玩耍、練武，也曾幫著師母晒衣、鋪蘿蔔乾，有時還陪著師父在這裡看星星，聽他說著年輕時在江湖上闖蕩的奇聞佚事，直至師母出來喊人歇息……

再往裡走便是前廳，師父說每日早晨第一件事便是取香祭拜先祖，陸子衿聽話，日日起早上香換茶水，可牌位呢？牌位如今與那些梁柱混在一塊兒瞧不出差異，只剩爐子依稀可辨，卻是一炷香也插不了了。

左右的庫房與糧倉理應一點不剩，這般大火連房屋都能燒毀至此，那些米呀菜的又怎可能逃過一劫？思及至此，他便抱起陸青往裡走去，記得外出前師父師母跟兩位師弟妹都在房裡猜燈謎，走前還被叮嚀早些回來，要不燈謎被猜光了他們倆就沒得玩了……

抬起腳、往下踩，每一步都顯得那麼艱難，若非陸青在他懷裡抽泣，提醒他還有個需他照顧的孩子，不能就這樣倒下，興許他過不了這段不過五十步的中庭，也就自然無緣見到那四具倒臥在地上的屍體。

「啊……啊——！」

陸子衿難以形容眼前所見。

他絕望地看著在磚瓦木板中的屍體，一時竟沒膽子伸手去翻。

「爹娘為什麼躺在地上？」

仍沉溺在悲傷中的人哽咽一聲，他瞧著還不明白慘劇為何的小師弟，心疼與痛苦油然而生，小師弟才剛過兩歲生辰，怎地就一夕之間沒了爹娘……

「唔、唔！」

陸青掙扎著往下，陸子衿只得放手。

他蹦蹦跳跳地跑到爹娘身邊想搖醒他們倆，嘴裡還唸唸有詞地喊著「爹、娘，別睡了，咱們回床上睡」，一陣猛烈的酸楚往鼻尖衝，淚水不受控制滑落，逼得他雙膝一屈癱跪在地。

他陸子衿，二度成為孤兒了。

曾經顛沛流離的他，自然明白家的可貴，然而比起自己，他更憂心的是陸青，這孩子還那麼小、那麼需要爹娘，卻走上了與他一樣的命運，註定要被迫懂事、被迫妥協、看開，甚至學會淡漠與毫無希冀……

「不成。」陸子衿自語道。

手掌捏住一塊碎石，尖銳之處劃破皮膚滲出血來，劇痛令他回神，也使他眼睛清亮，得以瞧見那抹藏在磚瓦殘骸中的暗紅。

帶著疑惑掀開磚瓦，他瞧清了那抹暗紅其實是一根髮釵，釵身已碎裂尋不回，釵頭也受不住撞擊而碰掉許多彤色，陸子衿捧著這朵殘破不堪的牡丹有些恍惚，貌似……

「師母從不用髮釵的啊……」

那這根髮釵會是誰的？

此時天空轟隆作響，斗大的雨滴徹底澆熄了滅門大火，卻有一團火焰在陸子衿的胸口燃起，無論多大多狂的暴雨都無法將其澆熄。他默默地把釵頭塞進兜裡，接著一把抱住陸青，強忍哭聲的後果便是他連肩膀都在顫抖。

「嗚、嗚！嗚……」

陸青以為他冷，反手緊抱住他，甚至奶聲奶氣地說：「師兄不冷，不冷，青青抱你，暖的！」

的確，是暖的。陸子衿渾身上下只覺得胸口是暖的，那團火焰一直熊熊燃燒著，於肉眼不見之處緩緩醞釀、壯大，幾乎要將他焚燒至死……

第一章

「啊——」

陸子衿猛地睜開眼，渾身冷汗，被褥亦是溼的，胸口彷彿有著千斤大石壓制，整個人無法動彈。

「呼……呼……」

又夢見了。

不知是否忌日將至，這些夜裡總讓夢魘糾纏，逼得他總是一身溼透醒來，別說風寒，他更愁被褥不夠換，這冷日子裡布料難乾。

半晌後，僵硬的四肢終得以活動，他正尋思著是否把門窗大開讓風吹乾被褥，就聽見一陣刻意放輕的腳步聲朝這裡奔來，一縷微風隨著這動靜進入屋內，吹起髮絲於眼前晃動，視線裡留下殘影，真假難辨。

「師兄！」陸青邊喊著推門而入。

他渾身散發熱氣，額上與頰旁有汗，嗓子低啞青澀正是少年郎的特色，陸子衿想起他總埋怨這嗓音像隻鴨，不禁在心底笑了笑，只因他打小聽到如今，除了熟悉外便是親切，與難聽壓根兒扯不上邊。

「起得這樣早？晨練結束了嗎？」陸子衿用衣袖替他抹去熱汗，不必言說，透過布料傳遞而來的熱度已告訴他答案。

「師兄的吩咐不敢怠慢，寅時一刻便起了。」

「很好。」陸子衿替他把領口收攏，那兒被汗浸得能擰出水來，「今日如何？已能三破枯葉了？」

三日前，陸青終於完成了陸子衿所要求的一破枯葉，即是在一定距離外用石子往前扔，擊破一片飄落而下的枯葉。陸子衿向來不是個容許因歡喜而忘本的人，於是讓他再接再厲，把擊破三片視為目標進取，才有此一問。

「有關這事、師兄……」一抹異樣在陸青眸底閃過。

陸子衿以為他是心虛，卻不曾想陸青隨後咧開嘴笑，負在身後的手迅速往前伸！

一、二、三……枯葉共計四片，且均有個指甲片般大小的洞，邊緣出奇整齊，絕非蓄意鑿洞之果。

「我辦成了！還練成了四破枯葉！」陸青異常歡喜，能達到師兄的要求一向是他最看重之事，如今不只辦到，還遠比要求的更好，自然情緒高昂。

「師父地下有知，也會欣慰的。」陸子衿笑著接過那四片枯葉，說得好好保存起來，等到師父忌日時要供奉在墓前祭拜。

「別，這才四破枯葉。」陸青傻笑著搶回葉子，「師兄你說過師父生前能九破，所以也被叫做『九破殺神』，我也要達到九破枯葉，才不枉師兄教我內功心訣與武功。」

聽他這般發誓，陸子衿不禁心下一沉。

「青青，都怪師兄，若不是身子骨太差，又對祕笈天賦有限，也不至於讓你到這個年紀還是這般……」陸子衿最難受的莫過於讓陸青自小就受苦長大，再者便是那場祝融燒毀泰半祕笈，餘下的多半為殘本，陸子衿再如何心思細膩活絡也難以恢復完整，更別提完整教授。

「師兄！」陸青聽他這般說法也不樂意，裝怒喝道。

「師兄已經教我太多了，我也學得挺好不是？你說過，學武不能求贏，是求穩，求護己護人。以這點來說我覺得已經很好了呀！你瞧，這不是又大有精進？趕緊的，我就讓師兄看看我九破枯葉的厲害！」

陸青這般安慰的言行著實粗劣，卻也是事實，加以他明白陸青的體質天賦是天生習武的奇才，都說際遇天定，興許正因著如此才讓他有如今這般境界，否則還不神阻殺神、佛擋殺佛？

「那得多少年啊？」陸子衿失笑，要知道那「九破殺神」的稱號可是師父近四十餘載才得來的，不知當中艱辛便發此豪語，果真是初生之犢不畏虎。

「別瞧不起我，我定會學成的！」陸青沾沾自喜得很，他想一到三、搆六、再至九總不會難於登天，卻忘了習武不比尋常活兒，入門雖易，精深卻難，越往上竄只會越發艱辛。

「呵，等哪日你練成了九破枯葉，你想許什麼願望都成。」

「當真？」陸青瞪著眼問道。

「我騙過你？」

陸青只是嘿嘿笑著。相依為命十多載，許多事情無須言語便能心領神會。

「光會笑，傻青青。」陸子衿輕拍他的額頭並罵道，還沾了滿掌的汗水，「快去沖涼，把溼衣裳換掉，當心著了風寒。」

陸青邊應聲邊往外走，陸子衿卻在這時想起什麼，就著褪掉一半的溼衣喊住正欲離開之人。

「青青，早膳想吃點什麼？前陣子醃的蘿蔔該成了，熬鍋粥配著吃？」

「師兄做的都……」好。

那好字讓陸青硬生生卡在喉間無法吐出，因他回頭就看見褪去衣服露出白皙香肩的師兄正瞅著他瞧，髮絲微溼沾在頰上，輕輕垂下的眼眸格外動人。清晨的陽光具有將萬物染上獨特色彩的異能，如今陸青眼中的師兄格外撩撥，衣料之下若隱若現的肌膚反而更加神祕，讓人多想一親芳澤……

「都？」陸子衿哪曉得自己如今的樣子看在對方眼中是何等香豔，畢竟一起生活這麼久，一塊兒洗澡的機會多得是，更何況只是更衣如此自然的事？

「都……好。」

陸青吞嚥了嚥口水，極端困難地說出那個字後迅速離開。陸子衿只當他仍是孩子處事毛躁，苦笑一聲後繼續更衣，卻絲毫不知有些瞧不見、摸不清的東西早已悄悄成形。

*

兄弟的早膳工作壁壘分明，陸子衿煮食、陸青便收拾，待他一面用衣服擦手、一面走出爐灶間就看見陸子衿拎著一件棉襖在等他。

「走吧，今天可得採買不少東西。」

陸子衿邊念叨幾樣過年時節必備的東西並替對方穿上棉襖，今年的節氣像造反，分明是年節時候了卻不若以往那般寒浸浸的，外頭甚至露了冬陽，雖然冷卻不刺骨，不穿棉襖亦可，只是他生性謹慎，不想在這般小事上僥倖。

「好久沒跟師兄一起上街了！」陸青滿臉喜悅，步伐都帶著雀躍。

兄弟倆上街，集市裡熙熙攘攘均是來置辦年貨的。

陸青已許久沒涉足熱鬧環境，興奮不已，見到什麼事物都湊上去猛瞧，糖葫蘆是許多年都未曾入口的甘美；捏麵人則讓陸青久久不捨離去，檯子上的幼崽捏麵人稱不上精緻，卻足夠新奇。

「小兄弟，來一枝吧？送給喜歡的小姑娘，包准她芳心暗許啊！」

陸青被他的話逗樂了，咧嘴笑得特別歡快，接過小販剛捏好的狗崽捏麵人細瞧，讓人驚奇的是狗崽的雙眼活靈活現，與桌上的那些大相逕庭。

「老闆，你這狗崽特別精緻啊！都要活過來了！」

這番稱讚討得老闆歡心，他嘿嘿一笑，朝陸青招手示意他靠過去些。

「這捏麵人跟你有緣，你才覺它精緻，與你看喜歡的小姑娘一般，怎麼看怎麼好。」

不愧是在長街上做生意的，口才好得很，就這會兒工夫還有不少姑娘家看著捏麵人新奇可愛而駐足觀看。

陸青從兜裡掏出兩枚銅錢買下那枝狗崽捏麵人，樂呵呵地跑回陸子衿身邊，剛好接過他掏錢買下的白米。

「買了什麼？」把裝滿銅錢的袋子袋口綁緊、收進兜裡，年節將至，竊賊一輩防不勝防，財不露白為上。

「捏麵人，瞧。」

陸青炫耀似的把捏麵人湊到陸子衿嘴邊，後者讚了一句「好靈的狗」，張嘴咬下狗頭，露出裡頭的蜜紅豆餡來，香甜多汁，讓兩人均是一愣。

「原來是有餡兒的！」陸青大聲嚷著，直說兩銅錢太便宜，要再回去補兩銅錢，倒是陸子衿阻止了他。

「兩銅錢是他說的？」

「是啊，我以為是沒餡兒的，兩銅錢合情理，誰知道這裡頭……」

「既是他說的，表示你值這個價，多給反倒傷了這份買賣。」陸子衿不知那位小販的心思，也不想探究，到底只是樁買賣，你情我願便好。

「可是……」陸青老實，總覺自己占了他人便宜，心有不安，這時一陣吆喝傳來，凝神細看，是一名說書人爬上了高臺，賣力地朝四周大喊。

「來來來！各位客官，今個兒啊！給你們說說段家赫赫有名的段女俠的事兒！」

陸青但覺新鮮，便扯著師兄的衣袖道想聽，陸子衿雖掛心採買，卻從不拂了師弟的要求，碎停下腳步一同聆聽。

那說書人眼見人圍過來了才繼續往下說，在此之前都是不斷吆喝。

「這話說啊，咱們段女俠在年輕時候、噯，瞧我這嘴，又胡說！段女俠如今也是風姿萬千！」說書人連忙拍自己嘴，拍得啪啪直響，「但話說那時，她可是遊歷過各地，見過大場面的！這光是遊歷趣聞就可說上七天七夜！大家可願意在這兒陪我七天七夜？哇，難得過年，還是回家去吧！家裡暖和，喝著甜湯摟著老婆，唉唷！」

四周民眾哄堂大笑，直到這說書人懂生活，陸子衿也不住地笑，卻是想著陸青朝自己撒嬌往懷裡磨蹭的往事，每回年節他倆都是以這姿態迎接新年，藉此求取成為彼此依靠的好兆頭。

「當年呢，陪著段女俠一同闖蕩江湖的共有兩男一女，都是如今赫赫有名的大人物！」

「那一女，便是丁萱丁姑娘，可是如今江南緞繡坊的當家，年逾四十仍宛如少女，據說看過她的人都信誓旦旦說她分明只有二十餘歲！」

眾人皆是譁然，實在難以想像世間竟真有仙女，四十卻像二十？簡直是神話！

「而那兩男呢，其一是如今豐城的首富許清彪許大善人，大家都記得數年前黃河大災，許大善人不只捐善款，還親赴災區分送食糧，與咱們的九大善人可說是人間菩薩，善哉善哉。」說書人煞有其事地唸著佛號，看上去還頗像一回事。

「還有一人呢？」

「好酒沉甕底，那最後一人肯定不同凡響！」

說書人嘿嘿一笑，並未回應是或否，少數聽他說過幾次書的人都極有默契，也不催促，靜靜等待他揭曉。

「嘿！那最後一人哪，大家多多少少定都聽過，但不是本名，那人外號『九破殺神』，可人名相異，可是個真真正正的大好人哪！據說他的面容俊秀異常，飽讀詩書，武功高強，為人正直，傾慕於他的姑娘家能繞城好幾圈……」

一聽見「九破殺神」之名，知曉的面露驚喜，並與旁人大力誇讚，不知的則一臉困惑，忙著聽他人之言，當中只有兩人面無表情，一人似是毫無興趣般扯住另一人的衣袖就走，那自然是陸子衿與陸青了。

「不聽聽嗎？」陸子衿備感奇怪，畢竟說想聽的也是陸青。

「爹的事，我聽師兄說便夠了。」他嫌惡地搖頭說道，「說書人說的能有幾分真？不過是譁眾取寵，不聽也罷。」

陸子衿低聲道：「也是。」隨後便讓他替自己瞅瞅有無賣醃肉的，醃肉好囤，不怕腐壞。

他顧著醃肉，陸青倒是瞅見他嘴角的異樣，是方才的紅豆餡兒沾到所致，便未多想以指抹去，陸子衿突被一摸還道不解，扭頭就看見陸青手指上的甜膩。

「青青真細心。」他讚了一聲，接著直接張嘴把紅豆餡兒含進嘴裡吃掉，這一舉動本無問題，可對於陸青來說卻是一記重錘！

他想起稍早在房裡瞧見的一景，本沒什麼，可如今這一含、一舔可是比親眼所見要香辣不少，透過肌膚傳遞的熱溼感格外強烈，陸青無法克制地雙頰潮紅，只覺在這冬日裡卻熱得發燙。

陸子衿瞧他神色微恙，以為不適，伸手就摸他的額頭卻不燙手，不禁疑惑。

「青青沒事嗎？」

「沒、沒事！」陸青怎麼能說陸子衿剛剛那一含讓他心跳加速、身熱情動呢？這種活像把師兄當姑娘家看待的言論定會換來苦笑與敷衍，那可比拒絕更讓人難受……

「醃肉……嘿！」

陸青為掩飾情緒，逕自跳上跳下，仗著高度把前方的狀況盡收眼底，倒是巧妙地把萌芽卻不見開花的衷情思緒給瞞住了，可他張望許久也不見一攤賣肉的，反而瞧見了一樁奇事。

「師兄。」

「說。」

「若有個女子，在大街上同男人拉拉扯扯，那是怎樣的狀況？」陸青沉著臉問。

「那男人多大年紀？女子呢？兩人裝扮為何？神情如何？」陸子衿斂下眼神，心底逐漸有盤算。

「男人……年約四十多，衣著簡陋，布料粗糙，胸前與袖口都沾了髒，神情凶狠；女子看上去不過十四，衣著素雅，價不高，卻也非俗物，在烈日之下像極流砂，銀光灼灼；女子的神情滿是驚恐，青絲凌亂不堪，手腕與臉上均有紅腫……」

陸青捲起袖子暗嘖一聲。

陸子衿接過他手裡的米袋，有些沉，與他臉上的笑正好成對比，一者沉重、一者輕快。

「去吧，正好看看你的武功精進多少。」

陸青早已蓄勢待發，就等陸子衿的話。

「嘿！」

他猛地抬腳蹬地，像一道閃電急衝出去！

第二章

陸青像道閃電，迅雷不及掩耳，在一躍而起的同時蓄力於腳掌，那壯漢毫無防備，竟讓他一腳踢得往後一跌！

「啊……」姑娘被壯漢揣著手臂，竟跟著往後摔，嚇得花容失色。

「什麼人！」壯漢氣急敗壞地吼道，五官扭曲猙獰，不怒而威，教人害怕。

陸青靈巧落地，踏出馬步，握掌成拳，看似隨意自在，實則蓄勢待發，一旦壯漢發動攻擊，無論往上向下，陸青皆能應付自如。

「誰都不是，只是看不慣你橫行霸道強搶民女！」陸青爽快吼道。

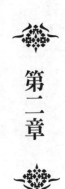

壯漢瞧他年幼，又隻身一人，不免發笑。

「哪裡來的小娃，要吃奶找你娘去！」壯漢「去」字一出，隨即仰天長嘯，左手揣著姑娘手臂，右手猛地揮出，相準陸青的鼻尖而去，加以疾迅如雷，待瞧清時往往避無可避。

只見陸青斜著肩膀由壯漢脅下竄出，此招極為凶險，倘若對方熟稔此招或早有提防便必然失效。陸青心道：「就賭你不識此招狡猾！」故鋌而走險，成功避開攻勢，搶到他身後蹬地躍起，右拳左腳齊力而出！

壯漢被這接二連三的奇巧攻勢亂了陣腳，是以對陸青的拳腳並無招架之力，輕易就被踢倒在地，連番如此讓他更顯狼狽，自亂陣腳後自是連姑娘都顧不得，虎口因痛鬆開，給了陸子衿機會。

陸子衿在陸青與對方挑釁對峙之時便已悄悄來到姑娘身側，陸青自是明白師兄思慮，轉瞬間便搶到陸子衿的對面邊上讓對方兩人得以一同往師兄跟前捧，果然這招奏效，陸子衿看準壯漢虎口鬆動的一瞬，手指用力化作鷹隼，一探就將姑娘的手牢牢扣緊，再一用力扯進懷中，便無了後顧之憂。

壯漢眼看姑娘讓人搶去，自個兒又讓人打著玩，滿腔怒火猛衝上腦，思及方才見這小子年幼便不加提防更是憾恨不已，再聞周遭竊語低笑，硬是按捺不住，掄起拳頭就往陸青身上招呼！

陸青知他盛怒，此拳定不留情，硬扛興許能過，可太不明智，思量半晌後故技重施，蹲低身子作勢往對方脅下衝。

壯漢早有防備，尚在心底嗤笑陸青到底是個孩子，竟以為同一招能接連得逞，登時想收緊手臂扣住那根細如竹竿的頸子，屆時一併帶走，帶不走便扭死，皆由他做主，豈不快哉？

誰料，這記俯衝是個餌。

陸青一瞧便知對方上當，微笑顯露，腳勢突變，竟硬生生轉向，俯衝轉成後仰，軀體彎曲之姿非常人所能，加以他雙掌貼地使力撐起，宛如雜耍般狠狠踢了壯漢一腳，腳尖如劍從下巴往上狠踢，聽得啪喳一聲，只怕骨頭要裂。

壯漢哀號一聲，二度躺臥在地，還因著是後腦著地，頭疼欲裂、眼冒金星，掙扎著起不了身，狼狽模樣引來訕笑。陸青也哈哈大笑三聲，卻非恥笑，而是笑給陸子衿聽的，讓他記得要給誇獎。

誰料竟是這三聲大笑，讓壯漢殺心大起，不顧眼前昏花之感迅速躍起，猛地抓住陸青的手腕。

這可謂奇襲，陸青渾然不備，竟被對方得手。

「好小子，讓你知道招惹大人的下場！」

壯漢怒喝一聲，陸青頓覺疼痛，眉間靠攏，雙肩內縮，手腕受制，被掐得幾乎要斷，情急之下他只得冒著脫臼的風險扭轉手腕，卻掙脫不了仍受制於人，便索性下了狠招，扭轉之時亦抬起單腳往上猛踢！

「嗚啊！」

壯漢胯下受擊，疼痛難當，方站穩又跪下，手也因痛鬆開。陸青趁機跳遠，將捏痛的手腕不斷甩動，竟已是紅腫一片。

場中情勢一面傾倒。壯漢是半路起家，與陸青有別，加以陸青所習皆為陸家獨門，從不外傳。可惜以往是獨厚一脈，如今卻是無法外傳，只因那些典籍多半付之一炬，相距甚大，若非陸子衿好學，早早將泰半內容刻進腦海，想必陸雲地下有知也會備感遺憾。

陸家拳法重巧，陸雲原想讓陸子衿修習，誰知他身子底弱，即便練就也難有大成，是以中途便不抱此念想。誰料陸子衿將典籍熟讀日後成了陸青的導師，手把手地將這些至要關鍵刻進陸青的骨子裡，加以陸青天資聰穎，是習武奇才，偶遇不懂或不通之處，陸子衿只消多提點便能通透，若真不行，陸青便自個兒胡亂了解一番，至今竟也無大問題，於身於心皆無所害。唯武功一事極求正確，是以陸青的武功雖已能應付泰半，卻難以精進。

壯漢遭此一踢幾乎倒地不起，待痛覺稍緩，思考千迴百轉，已知不能強來，藉著遮眼伸手進褲裡摸索。旁人只道他擔憂命根子要不保，陸子衿卻瞧得真切，眼底滿是戾氣！

「青青，當──」他「心」字尚未脫口，就見壯漢猛地甩手，三個黑點一閃而逝。

陸青擰眉瞇眼，捷迅避開，三個黑點猛地往地上刺，細看是三枚暗器，像極了蟲子，觸地旋轉，狠勁十足，眾人何曾見識過這般毒物？紛紛避開，倒給了陸子衿方便，只見他以腳尖踢起一枚，藉著暗器在空中之時凝神細看，不禁一愣！

「蠱鏢？」

此蠱鏢顧名思義，乃是取活蠱製鏢，外型似蠱，內裡含毒，視活蠱決定毒性；若是蠱王所製，光是讓其擦過都會當下毒發身亡，毫無救治機會。陸子衿想這男人武功平平，亦不像會練蠱的樣子，這蠱鏢定是他人所贈，既是如此便不會是蠱王鏢，不禁放下心來。

壯漢見一回不中，手一伸欲使第二鏢，陸子衿怎能讓此等陰招得逞？加以陸青對暗器少有應對經驗，此刻讓他招架亦占不了多少便宜。思考方休，陸子衿迅速脫下外袍，雙腳一蹬往場中躍去！

外袍在他手中宛如活物，指使往東不曾向西。壯漢眼睜睜看著一連數十枚暗器皆讓外袍擋下收攏，哪裡還有使暗器的陰毒之姿？簡直乖覺得不像話！

「見打不過便要使陰招嗎？」陸子衿冷哼一聲，猛地抖開外袍，暗器紛紛落地，響聲清脆。

壯漢嚇得不清，料想不到這小孩的同伴武功如此之高，竟能一把收掉他的寶貝，如今一打二，他不免心生怯懦，方才被踢到打過的地方此時隱隱作痛，更讓他面露怯色，卻硬是不敢退，彷彿在顧忌著什麼一般。

「青青，怎如此不當心？」陸子衿目不斜視地低聲訓斥，「方才竟連躲避都無！要知明槍易躲，暗器難防，方才我不出手，你豈不是讓這些蠱鏢得逞？」

「對不住，師兄。」陸青道他連那是何種暗器都未瞧清，陸子衿就出手了，語氣中多有委屈。

壯漢瞧他們倆旁若無人，怯意更濃，可當他挪動後腳欲逃離之時，人群裡突爆出一聲

「蠢貨」，接著一斗篷之人從中現身，陸子衿瞧不清對方的臉，卻能從壯漢的害怕膽怯之中明白此人於他而言定非同小可，興許還掌握他的生死大權。

「兩位小兄弟，這小孩子不懂事，您也別揪著不放了。」斗篷人語氣恭謙，態度禮讓，甚至當著兩人的面朝壯漢膝間一踹，逼他跪跌在地，「不如各退一步，那姑娘歸你們，師弟我帶回去好好教訓一番，如何？」

陸子衿對此不禁嗤笑。

這提議乍看之下是他們兄弟占了便宜，可細細聽來卻能品出當中的詭異，陸子衿朝那斗篷男搖頭，嘴角仍掛著笑，滿是嘲諷。

「家師總教導我們倆路見不平，必拔刀相助。如今姑娘安危已無虞，又何來姑娘歸我們、他歸你一事？如此豈不讓你平白占去了便宜？不如這般，你師弟歸我們，你的命歸你，如何？」

此話一出，倒是讓陸青暗暗驚訝，陸子衿平時溫和，鮮少與人起口角，更遑論這般近似威脅之語，他卻不明白師兄會如此震怒乃是因著那枚蠱鏢——陸青並未傷著是不幸中之大幸，若反之，陸子衿想必不會有餘裕以口相激。

「如此便是談判破裂了。」斗篷男低聲道句：「可惜。」

陸子衿明白這是一個暗號，原因無他，只因他一直留神跪倒在地的壯漢，自然將對方眼中的變化盡收眼底，那明顯是等待時機的眼神！

一瞬之間，壯漢高吼一聲衝向他們倆，陸青早有準備，推開師兄就與那人雙手互搏，體型差距並未討到太多便宜，倒是斗篷男一雙利眼直直盯著陸子衿，見他毫無動靜，索性自個兒出招，自然又是蟲鏢。

「青青，收！」

陸子衿瞧清暗器目標，自知讓陸青躍起躲避定會皆連敗北，便讓他往後收手，同時與陸青更換位置。此招看似極險，實際上卻相當穩固，那壯漢比起陸青更畏懼陸子衿，即便身材差距極大也仍是往後縮了一縮。

就這一瞬，給了陸子衿機會。

他右手伸出，雙指之間有一只不明突起，待肌膚被擦過後方知那是一片利刃。陸子衿為了方便攜帶與使用，花了不少精神製了幾把只有指尖大小的匕首，以皮布捆綁後得以戴在手上，不但出手快如閃電，還能讓人摸不著頭緒，轉眼便著了道。

壯漢目光不清，亦無見過這等手段，一連被劃了十數道口子方知疼痛，登時仰頭大吼，鮮血直濺。

陸青見狀，得意一笑，又與陸子衿換了位置。壯漢此時滿心想宰了陸子衿，見他跳開自然要追，陸青旋即堵住去路，雙拳兩腿如流星般招呼在那些傷口之上，哪裡紅朝哪裡打！

「蠢貨！」斗篷人直道這師弟果真蠢笨，怎就不知自己已讓這對兄弟玩弄於股掌之上？

他反手射出三枚蠱鏢，一枚朝陸青而去，兩枚則誓取陸子衿雙眼。他的蠱鏢與師弟的不同，後者只能算是一般蠱鏢，雖殺傷力強，卻只勉強搆得蠱字邊緣；可他的蠱鏢則不同，乃是取五毒練蠱後而成，即使比不上金蠱鏢，但已是比上不足比下有餘了。

陸子衿一瞧便知這蠱鏢與方才的大相逕庭，方才的通體墨黑，他的卻藍紅交錯，一看就是奇毒之物，登時揮舞衣袖，本是綿軟之物讓他活生生使成硬盾，兩枚蠱鏢撞上後硬盾又轉瞬化軟，將其緊緊包圍後甩出，斗篷男一看低喊「要命」，只道自己太小看對手。

射向陸青的那枚蠱鏢，與陸子衿包著扔來的一枚互相碰撞，竟紛紛落地，倒在地上還真像兩隻死蟲一樣讓人生厭。

而另一枚呢？

一陣刺痛，從壯漢的肩上蔓延開來，壯漢先是一愣，而後才發現肩上憑空一枚蠱鏢深深嵌進肉裡，雖不濺血，卻深可觸骨，可以想見若是將那枚蠱鏢移開，傷口會有多駭人。

「師、師兄！」

壯漢頓時驚慌了起來，這枚蠱鏢可是真真實實帶毒的！

「閉嘴！讓師父瞧見你這般不像樣，還不讓你扛著大石三天三夜！」

斗篷男眼見陸子衿如此機警靈巧，索性豁出去，手臂往外連揮數回，一口氣射出十數枚蠱鏢。他心道：「三枚占不了你便宜，六枚呢？九枚呢？十二枚呢？總有一枚要你命！」

此一攻勢極端凶猛，陸子衿只得把陸青往一旁推開，讓自己完全暴露在暗器之下，同時一躍而起，長袖舞動，靈巧的身姿於空中迴轉飛躍，瞧上去就像隻活靈活現的飛鳥。

那十數枚暗器並非同時到來，乃是一波到達、後勢才至，陸子衿以外袍長袖一一收起，卻不曾想那斗篷男乃是使蠱高手，怎會如此光明磊落？陰毒之處便在一波波攻勢間徹底隱蔽了。

「嘶！」

陸子衿低叫一聲，手臂上憑空出現一枚蠱鏢，就在他分神的刹那，第二枚、第三枚接踵而至，儘管他馬上拔出，左臂卻登時發麻，動彈不得，心下一驚：「這蠱竟如此厲害！不過被刺了一下就麻痺如斯！」

「師兄！」陸青可著急了，大吼一聲就朝壯漢頭上痛下一擊，趁對方搗頭暈眩之際奔回陸子衿身邊，一瞧見蠱鏢傷口都要紅了眼眶。

「留神！」

陸子衿明白此時自己受傷，正是對方乘勝追擊的好時機。果不其然就見斗篷男陰狠一笑朝他們倆衝來，陸青隨即擺好姿勢要與對方正面互搏，即便贏面甚小也比坐以待斃要強！

「青青！」

陸子衿情急之下顧不得左臂傷勢，俯衝而上就怕陸青魯莽反遭暗算，誰料最終並無任何疼痛落至身上——千鈞一髮之際，斗篷男竟放棄了此一將陸家兄弟一網打盡的機會。

同時，尖叫聲響起，陸子衿回頭就瞧見斗篷男抱起那名姑娘便迅速竄逃，壯漢也打起精神跟著跑遠，背影有些歪斜，想來是頭暈尚未減輕便逞強之故。

「糟！」

陸子衿此刻左臂全麻，然而要追上甚至退敵並不困難，可若要在毫髮無傷的情形下搶回姑娘那可就是難上加難……但事到如今哪能輕易撤手？只能追了！

兩人起步慢，追不上，只能看著對方的背影不斷縮小。陸子衿的輕功要比陸青更強，轉眼間竟將師弟落在後頭，卻依然難及。那對師兄弟默契亦好，一前一後不斷移形換位，姑娘被斗篷男攬在懷裡竟不吵不鬧，想來應是暈厥過去了。

「師弟，分頭！」

逃跑之際，壯漢一聽斗篷男的指示，立刻就要往右邊拐去。可誰料想得到就在這一瞬間，一道白影猛地從旁殺出，不給他們倆任何反應機會就擒住了斗篷男，姑娘也在轉瞬之間讓那道白影奪了去。

「是誰！」

那道白影停下佇立於道旁，姑娘確實已暈厥，即便是如此動靜也未曾睜眼。

「你師兄認得我，我追了他數天，總算在這兒堵到了！」

斗篷男滿臉狼狽也顧不了了，方才正是在人群中瞅見一抹極似這人的人影閃過，便不戀戰地搶過姑娘就跑，可誰料這般迅速仍舊躲不過。

「混帳，跟你師父一樣難纏！」

此番發言聽在白衣男子耳中竟與稱讚無異，他扯出一抹微笑以對，並道：「家師有言，定要將你緝拿回去。」

「辦得到的話便來吧！」

白衣男子也不惱，趁兩人皆無防備之時便往前數步，即使懷裡有人也不影響，迅速擊出一拳。

他那拳頭打在壯漢身上可謂痛極，方才與陸家兄弟一戰，如今又讓這人痛揍，壯漢再如何勇猛也難以對抗。

「師兄，快走……」

「倒是有情有義。」白衣男子看似挺欣賞壯漢犧牲自己而讓斗篷男先走之舉，「如此便不為難你了。」說罷，掌握成拳，卻並未握實，四指關節向外突出，此招乃是獨門絕活，非方家子弟修習不得，又稱「大貓撓癢」，取自其姿態像極虎豹止癢之義，看似滑稽，實則厲害莫名。

壯漢被這一拳擊倒在地，猛地嘔出一口血，駭人不已。

「師弟！」

斗篷男見狀竟似要回頭相助，可他一旦回頭便是將兩人一併賠進去，非但前功盡棄還特別窩囊，一時竟拿不定主意。

「追到了！」

與此同時，陸家兄弟亦雙雙來到，見壯漢倒在地上，不敢大意的由陸青踩著他的手腕、陸子衿則沒猶豫的就要往前擒住斗篷男，誰料竟在此番看似勝券在握的局面下，那壯漢仍清醒著，甚至能用盡全身力氣將陸青甩開，同時往前幾步扯住白衣男子與陸子衿的腳，並大聲吼道：「走！」

斗篷男深知機會難得，遂放出身上最後一把蠱鏢便迅速逃逸，陸子衿以外袍阻擋，白衣男子則因著要護住懷中姑娘只得蹲下，同時腳跟使力，掙脫壯漢的手，起身欲追卻再也瞧不見那人身影。

陸子衿料想斗篷男定是以那詭譎難辨的輕功逃遠的，此時他們已是身在城外，遠處便是茂密林間，若以那等身手躲進林子裡自是無從找起，而白衣男子又顧忌著姑娘安危，便錯失了良機。

「讓你拽！讓你拽！」

陸青眼見那斗篷男就這樣逃離，只見他的背影不斷飄動，隨後憑空消失，他卻連對方的輕功師出何處、奧妙為何都不清楚，便把氣都出在壯漢身上，左一拳右一腳竟把壯漢打得昏死過去，口邊臉上都是鮮血，若非一口氣尚存，只怕見者都要當他死了。

「又讓他給跑了……」白衣男子恨得牙癢，心道回去師父又要發難就覺頭疼。

「不妨，既擒得他師弟，便不愁順藤摸瓜追去。」陸子衿並不悲觀，這對師兄弟倒是感情深厚，不愁無線索可追。

白衣男子從懷裡抓出一條繩索，陸青接過就將壯漢捆綁起來。他這才想起與這位俠士素昧平生，便自報師門名諱，對方也跟著回應。原來白衣男子姓方名酌，是奉師命一路追著那斗篷男而來。

一旁陸子衿雖覺有所不妥，可轉念一想畢竟對方適才幫過自己，於情於理都不應隱瞞，便由著陸青去了。

「師兄，我們把他捆去衙門，不能輕放了他！」

方酌聽見陸青所言，大力贊同，並道這姑娘定是城中人，不如順道送她回家，事情於是這麼定了。

陸家兄弟一人扛頭、一人抬腳像搬豬公那樣將壯漢挪到衙門，與方酌一同把事情交代過後才分別，方酌道他想留下來多探聽些，以便知曉那斗篷男的去向。

「今日相識即是有緣，他日若在江湖上重逢，便一同痛飲三杯吧！」

方酌是個爽快人，說起話來也豪邁，陸青對此很是欣賞，連連稱好。

「再會，方兄弟。」陸子衿對他倒是不鹹不淡，心想還有不少東西要買，眼看集市都要收了，哪能再耽擱？匆匆招呼過後便拉著陸青走遠，絲毫不知他們三人的行徑早已讓有心人看進眼裡，擱置心上。

*

「師父！」

方酌從街頭跑來，為難他抱著個人還得分神尋找，僅只氣喘吁吁已值得嘉許。

被他喊師父的男人身著一襲青色長衫，一頭長髮僅以絲帶捆綁，幾縷青絲宛如綠柳般搖曳額邊，美則美矣，眉宇間藏不住的妖嬈，讓本應充斥著陽剛氣質的雙眸更顯特殊，只消瞧過，便能明白這人擁有的是一雙傾國傾城的眼眸，怒瞪挑視各具風情。

他並未馬上給予回應，待腳步聲急速逼近，方出手以飄動的袖口奪去來人的目光；方酌並未對此感到驚慌失措，像是早已習慣。

「怎地抱了個女娃回來？」青衫男人盯著方酌懷裡的姑娘猛瞧，饒富興味的模樣，「莫不是我的徒兒大了，想成親又怕我亂點鴛鴦譜而自己擄了個來？好呀！好做派！」

「師父！不是！」方酌慌張得很，絲毫不見方才與賊人對峙時的狠勁。

「逗著你玩的，傻徒兒。」他大手一伸便往方酌的頭上放，這般敷衍的哄法竟也堪用。

「師父，您又……啊，師父，對不住，徒兒讓那人跑了，但逮著了那人的師弟，徒兒會加緊著往下查。」

他師父不置可否，絕非毫不關心，乃是他深知對方之狡猾，追不上亦在情理之中，況且此回收穫甚巨，那使蠱的斗篷男登時淪為配角，連名字都不配讓人記住。

「師父，您瞧瞧這位姑娘，可需要救治？」方酌不知厲害，傻傻地把抱著的姑娘蹭到師父懷裡。

青衫男人挑起眉，捲起姑娘的寬袖替她把脈，脈象平穩；輕觸手臂，肌膚溫度不見異常，甚至可見數條嬌嫩色澤浮現，這姑娘十分健康。

「與你並肩打退人的，姓什叫啥？那一套拳法使得活靈活現，像是似曾相識。」

「是嗎？那小兄弟姓陸，叫陸青，另一人是他的師兄，陸子衿。」

「姓陸……」青衫男人低吟一聲，沒再繼續往下追問，而是垂眸看著姑娘的臉孔，好半晌後才吐了句：「這姑娘五官忒精緻，難怪會被拐賣，可怎不交去醫館？」

「師父。」方酌答道：「這姑娘驚懼過度，料想尋常醫館也是束手無策，我想到師父您精通醫理，這才自作主張把姑娘帶了回來……」

青衫男人聞言笑得特別開懷。

「你想得周到，晚些回去替我劈塊匾額，我來揮毫，『妙手回春』還是『懸壺濟世』好？」

方酌這時也聽出了不妥，連忙閉嘴，一副受教乖徒兒的模樣。他只一心想著師父擁有世界上最優秀、最厲害的技術，卻忘了師父什都好，就是厭惡一身技藝讓人利用。

「對不起，師父……」

「回頭再教訓你。」語畢，他狠狠捏了方酌的臉頰一下以示警告，被捏的一方也只能乖乖聽話。

青衫男人以抱新生貓狗的姿勢接過姑娘。她因著昏迷，腦後亦無支撐點便隨著男人的動靜而不斷擺動，讓他無法仔細端詳臉孔，他輕嘆口氣後蹲下，讓姑娘枕在他的腿上，才得以看清她的臉孔。那是一張極為精緻的臉孔，若是醒著，想必一顰一笑都足以亂人心神。

「這姑娘是被嚇到暈厥的，應過會兒能醒，我瞧她一點傷口也無，想必不會是危急生命的事……」

青衫男人的視線停留在姑娘家的領口邊上，那裡有些異樣引起他的困惑，遂伸手撥開領邊細看。

方酌見狀，雖覺不妥，但又怕再度惹怒師父而不敢出聲，直至他聽見陣陣笑聲從師父那邊傳來。

「呵呵……哈哈……」

「師父，有何不妥嗎？」方酌不安地問道。

「不妥？何來不妥，妥得很！」

青衫男人的這番言論並未讓人安心，為人徒弟十多年的方酌不禁一顆心提到喉嚨上，怯生生地喊了聲「師父」。

「我說你啊，說這是姑娘家？這是哪門子的姑娘家？你自個兒瞧。」青衫男人笑道。

方酌見那領子口越開越大，就要別過臉去貫徹「非禮勿視」此一規律，倒是青衫男人看穿了他的顧慮，罵了句：「蠢才，讓你往下瞧了嗎！」

方酌這才發現師父要他瞧的是頸子的部分。而這一看，他也傻了。

「這……」

第三章

年後，兄弟倆的生活依舊忙碌。

因著年前集市上一戰，兩人都帶傷，陸青的傷勢輕些，好得也快；陸子衿的慢些，只因那只暗器著實厲害，即便他迅速封穴阻擋毒性擴散，後又以陸家內力連著數天運氣將毒自口吐出，卻仍是虛弱不堪，讓陸青擔憂了好一陣子，竟也不曾動過外出趕熱鬧的念頭，陸子衿看在眼裡，自是備感溫暖，卻也暗暗愧疚。

慶幸的是陸青成熟不少，歉疚的自是讓他擔心這回事。

年後某日，陸子衿眼見傷已好上七八成，便上街找「回春堂」的許大夫添購些外內傷藥，回程路上順道買了隻雞回家想燉湯給陸青，卻在距家門口不遠的地方躊躇不前。

氣味不對。

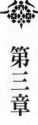

他指的自然不是空氣中的異味，而是景色如昔卻暗藏詭譎。

陸子衿謹慎地遠眺，並未在屋簷或其他地方瞧見不妥才緩緩靠近；而隨著他越靠越近，被人用刀架在脖子上的不安與恐懼就越發明顯。

因綳著神經，當後方林子裡傳出沙沙作響的細碎聲時，他猛地回頭掏出腰間小刀，手背青筋一顫一顫地跳。

「誰？」

陸子衿舉起小刀到下巴前的高度，有任何奇襲都能迅速反擊。

遠方天空黛靛交染，視線因此受限。

「究竟是誰？現身！」

他的質問並未得到回應。

一刻鐘後，他緩緩垂下握著小刀的手，身體仍在輕輕顫抖，一種無法言說的恐懼在這時候占據思考。陸青總笑著說這是獸類的專長，意味著無論可視與否，都有事物須警惕。

但會是什麼須警惕呢？

陸子衿想了好半晌也沒個答案。

正當他想興許是這幾日養傷又照料傷患太過緊繃所致，想著要先把雞剁了燉湯而收起小刀要進屋，這才發現有哪裡不對勁。

門縫裡被人夾了封信。

捏著信走進屋裡，落鎖，陸子衿心想自己當真是小題大做了，這陣子晚上越發睡不好，總是半夜驚醒，身體疲累精神尤甚，自然看什麼都警惕。

縱使心急，他卻明白此時不可躁進，於是將信先行擱在桌邊，進入灶間俐落地剁了雞下鍋煮，放入數種中藥材提味並讓火維持在文火大小，此番舉動極好地安撫了不寧的心緒，直至此時他才拆信細讀，誰料這一拆卻讓他徹底失了神。

「欲知曉十八年前滅門血案真相，邀於正月十五，尊師之忌日於故地一聚，彼時定將在下所知詳情如實告知。」

「事關重大切莫與旁人知曉，盼君赴約。」

這封信並未署名，陸子衿無法判斷出處，但內容卻讓他久久無法釋懷。

十八年前滅門血案的真相？

寥寥數字便將他拉回那一夜。

他帶著陸青上街買燈籠，陸青從未看過熱鬧，玩了好一會兒才甘願回家，誰能料到當他們倆回到家時……已經是一片殘骸。

陸子衿來來回回看著字跡，試圖將那些字刻進心底，可任憑他將紙瞧穿個洞也想不出這字跡出自誰手；信中內容也讓他百思不解，都過了十八年，怎地這時候才有這信？未免也太蹊蹺……

他盯著「尊師之忌日」五字，猜想這人或許是曾與師父交好的江湖友人，否則怎會知忌日將至？甚至與他相約於亡師故居？

種種疑點與困惑，越想就越是惱人，他收起信件，正想著是否該赴這場約，此時響起了陣陣急促的敲門聲，一望時辰也差不多是陸青該回來了，連忙開鎖讓他進屋。

「師兄，怎鎖門了？」陸青狐疑地問，以往這門只在睡前才落鎖，如今外頭還亮著呢。

「啊，剛才讓隻狗追著回來的，怕牠進屋就鎖了。」陸子衿不大自然地解釋，極度心虛，可陸青倒沒發現任何異狀，他忙著褪掉一身溼衣，今兒個熱得嚇人。別說他，陸子衿自己也是滿身汗，此時瞧他脫也覺得溼黏難受。

「那狗好眼光，知道師兄人好，跟著定有好吃的！」

「滿嘴胡話……」

「我說的可是實話。」陸青笑道，「這雞湯味濃郁，可不是好吃的嗎？」

陸青忙活一天餓得荒，走進灶間盯著那鍋雞湯瞧，陸子衿看他都已成年卻還像個孩子一樣貪嘴，只得拿碗裝起一隻雞腿讓他先吃。

「肉是軟了，但應當還沒入味，要不加點鹽？」這雞湯只燉了半個時辰，以往陸子衿熬湯都得三四個時辰，怕味不夠，拿起粗鹽要加。

「夠了夠了！我就愛吃淡味的，加了鹽太鹹。」陸青深知鹽貴，連忙抓起雞腿就咬還直嚷好吃，雖如對方所言味道極淡，卻有雞肉的鮮甜。

雞腿肉嫩，他見陸青吃得滿嘴油膩便要伸手去抹，此時有股淡幽的香氣在屋內蔓延，讓陸子衿的手猛地一顫，心底有些慌。

「今兒個上哪去了？」他問道。

「噢，今兒個去集市裡那間茶樓了。」陸青一面咬雞腿一面說，「賣衣裳的春娘說鄰居家的么女剛及笄，真是服了她，想方設法要替我介紹姑娘家。」

咯登。

陸子衿只覺心上有些什麼正在悄悄地打，起初不察，但隨著次數漸多、力道越大，才隱隱作痛。

「是嗎？姑娘家如何？」

他抹去對方嘴邊的油膩，因著思緒慌亂，並未多想就把指頭往嘴裡吸吮。

陸青盯著他的手指，竟想變成那根手指任憑吸吮，這般念想實在下流，誰也無法告訴，也只有陸青本人知曉這幾天夜晚他總睡不安寧的原因正是於夢中不斷糾纏、蠱惑他的幻象，在理性與欲望之間拉扯的感覺並不好受，加以……欲望似乎穩占贏面這件事兒更是讓他無所適從。

「我沒興趣，她是白費苦心。」陸青冷淡地表達厭煩。

他這番話實在傷人，姑且不論喜惡，春娘卻是兩人的長輩，又一向關照他們，即便是敷衍著也不該批評，可訓誡話語來到喉邊卻遲遲吐不出口。

陸青說沒興趣，他卻鬆了口氣，這實屬不該吧？但……他卻毫無訓斥的意願，只因心底的欣喜無法隱藏，他想這興許只是不樂意生活再歷經變動的恐懼所致，一旦陸青有了共度一生的伴侶，自己勢必得另謀他處而居，也不再能名正言順地掛念甚至替師弟打理生活起居，這些都將由他人接手……思及此處，陸子衿便是怎麼樣也說不出那些正氣凜然的教訓。

「師兄怎麼了？」陸青見他沉默，擔憂是否傷口在疼，放下碗便要過來關切，陸子衿連忙擺手說自己沒事。

「許是熱到了，喝點水就沒事。」

陸青狐疑地瞪向窗外，今日太陽雖大，卻比不過夏季，怎會熱到？但瞧陸子衿不樂意多說，便識趣地不追問，拿起碗小口喝湯。

見師弟顧吃，他放心地輕拍胸膛，手掌輕撫過匿於胸前的紙，本尋思著是否該告訴陸青，可「事關重大切莫與旁人知曉」幾字像拳頭擊在胸上那般疼，幾番思量後他想還是別告訴陸青。

「肚子餓了嗎？師兄下點麵條兌在湯裡給你吃可好？」陸子衿問道。

「師兄煮的，都好！」陸青笑咧開嘴說。

陸子衿笑著讓他等，隨即鑽進爐灶間替兩人準備晚膳，並把那封信扔進爐火裡燒盡。

當火因著紙張而突然竄高，陸子衿亦盯著瞧，像是這般就能從中瞧出這信的來頭一般專注。

＊

青青

師父的忌日近了，有許多事物得先行操辦，我先行動身，你待忌日前一天再啟程即可。

我不在，須謹記切勿荒廢晨練，也別忘了用膳，凡事一切小心，安全為重。

子衿

＊

隔日，陸子衿一個人往師父的故居而去。

當年屋毀人亡後，故居再也無法居住，陸子衿索性帶著陸青離開，直至安定下來後便約好每年回去探望師父。

往年他們倆都是一起動身的，提早個三天或五天，就當是偷得空閒，一起割去墳邊的草，將周遭打理一番，時間轉瞬即逝，倒也消遙自在。如今一人上路竟有些寂寞，陸子衿幾度想轉頭喚聲「青青」，最終總是無果。

陸子衿只帶了幾顆饅頭上路，渴了就喝竹筒裡的水，到達故居時已去了近一天，趕路的下場便是除了滿天星斗外，還能親眼目睹旭日東升。

故居不再，取而代之的是一棟小屋，簡陋卻足以遮風避雨。

倒塌的殘骸在兄弟倆初次回訪時便已清理乾淨，屋子也重新搭建過，雖只是間小屋，但有個地方能住便好，掃墓也不過短短幾天，總不能要求如城中的房子一般舒適。

「嗯？門鎖了……」

他竟拉不開大門，這可是天大的笑話！

任憑如何用力，門依舊文風不動，想來是落了鎖的緣故。幾度嘗試，門竟自己開了，陸子衿被這番動靜嚇了一跳，沒等掏出小刀門就開了，一張他算是相當熟悉的臉孔就出現在眼前。

「小兄弟！」方酌咧開嘴笑道。

方酌依舊是一襲白袍，只是樣式略有不同，上回在集市的主訴求是輕便，沒有任何綴飾，如今的裝束顯得豪華了些，白袍邊上滾著金色綢緞，穿著盡顯氣質；一頭長髮盡數以絲帶縛綁，配著雙目灼灼的樣子，神氣極了。陸子衿視線往下，沒漏看了腰間配掛的梅花玉珮，光瞧那晶瑩剔透的翠綠色澤便可知是高價品，雖非有銀兩也買不到的程度，卻也不是尋常人家能隨意配掛腰間的凡物。

「是，記得你是……方酌？」陸子衿憑著記憶問道。

「是啊，陸小兄弟還記得我。」

「自是不會忘的，那日感謝你出手相助，否則哪敵得過那人。」

陸子衿隨口應答，便把話鋒又轉回方酌怎會在屋裡一事。

方酌正要解釋，卻聽見裡頭一人發出陣陣笑聲，陸子衿光是聽見就寒毛直豎！

他猛地推開方酌，就看到屋內椅子上坐著一名男人。

男人的眼神尖利得嚇人，身上的衣裳與方酌的式樣頗為接近，但更貴氣，滾的是純金的邊，輕易一個動作都能閃瞎他人的眼；加以腰間配掛的乃是羊脂玉，還是上乘的，非尊貴人家哪配得起？

宛如獸類的直覺告訴他，這個男人不簡單！

「你是誰？」他咬著牙根，一字字吐出問道。

那是怎樣的感受？空氣中宛若瀰漫著某種香氣，卻不是能讓人瞇眼沉醉其中的芬芳，相反的，那是會令人備感緊張、無法平靜以待的恐懼。那男人的表情可謂笑裡藏刀，讓人發寒；陸子衿直覺性想逃，離這個男人越遠越好！

方酌喊聲「小兄弟」，聽上去是要緩頰，可坐在椅上的男人卻道：「去外頭顧著。」語氣裡盡是不悅。

方酌哪敢不從，連聲說好便往屋外跑，還沒忘了帶上門。

陸子衿被兩人的動作弄迷糊了，那男人從椅子上站起朝他走來時，他只覺得自己是隻小鼠，而對方是一隻長著鮮紅羽毛的鷹隼，一旦發現獵物便不會輕易放過；恐懼則是一條大蛇，將他團團包圍後又不馬上吞了，反而對獵物恐懼的樣子深感興趣般直逗弄。

「看過信了嗎？」

他一開口，陸子衿更是覺得恍惚。

「信是你寫的？」他啞著嗓子問道。

「我請人代筆的，但那封信的確是我存著心思要給你的。」他一個揚手，示意陸子衿與他在桌邊坐下，兩人之間隔著木桌也依然緊張。

男人自報名號方應歸，並稱師出華佗老人，陸子衿從未聽說江湖上有哪一派的掌門人自稱華佗；他再說與自己已故的師父是舊相識，早些年還曾一道闖蕩過，直到師父與師母結髮為夫妻；其後兩人雖鮮少有機會相見，卻還是透過書信交代行蹤，足見情感深厚。

「我每年這個時候都會來。」方應歸看向墳墓所在，神情哀傷，「他與椿……嫂子，是我這一生最懷念的人。」

「怎地我從未見過你？」

「許是恰巧錯開了吧。」方應歸說他並非瞧準了忌日前來，有時因瑣事抽不開身，便會晚個幾日或早些前來，「這事貴在心意，時辰日子倒是其次，不是嗎？」

「這是自然。家師生前也非嚴厲之人，想必在身後的這些事上他也同樣寬厚，更何況——你是他的摯友。」陸子衿有兩個字未說出口：您「若真」是他的摯友。

方應歸聽出他話中的意涵，精雕細琢的臉孔因著笑而扭曲，竟平易近人不少。

「你是獨自前來的，很好，若你連你師弟一起帶過來的話可就難辦了。」方應歸是個有話直說的人，「我們並非蓄意闖入，而是為了等你來才進屋的，往年我們都是祭拜了就走……」

「廢話少說。」

一抹笑隨著這話浮上臉龐，方應歸是個把笑能以千百種姿態展現的男人，這看在一向嚴謹認真的人眼中自然格外刺眼，且覺這人實在狡猾不可信。

「快人快語，好。」方應歸也不囉嗦，「當年你師父的滅門血案，乃是熟人所為。」

「熟人所為？」

「正是如此。」方應歸以指尖沾取茶水在桌上畫了幾個四方圖形，「試想，當年你師父的住所是四合院，這種建築占地廣、宅院深，又多半是磚石木材建成，要燒至全毀，那必得是多處齊發；且磚瓦耐燒，得用他法，得有人先引去屋中人的注意力，加以破壞屋梁與支撐，甚至以易燃物為引子，才能讓火勢一發不可收拾。你就不曾懷疑過為什麼那棟房子能這麼快就倒塌？」

「我只知道師父師母是遭人暗算……」卻不曾想過那人是何人，「我以為是師父江湖上的仇人尋仇來了。」

到底曾在江湖中，夥伴既多、敵人便不會少，陸子衿深知其中道理，因此從未細想當中細節，如今對方一提點他便覺奇怪。

「不怪你，那時候你們能活下來已是奇蹟，是你獨力把你師弟拉拔長大的吧？不容易，那時你們倆幾歲？」

「我八歲，我師弟只有兩歲……」

是不容易。如今回想起那時也是心酸，鄰里雖願意伸出援手，陸子衿卻謹記師父訓誡，自己靠自己，遠離住慣了的地方不是件易事，若非有陸青支撐著，興許他也撐不過去。

方應歸見他這般，竟無窮追猛打，倒是深吸口氣後一把抹去桌上的水痕，滿掌潮溼的觸感極差，就見他緊皺眉頭朝外頭大喊，不消多久就看見方酌開門走進，像是一直都在隔壁待著那般迅速。

「我餓了。」方應歸邊說邊把溼手往徒弟身上抹，一個深手印浮現。

方酌卻像對此早已習慣般站著任其擺弄，一聽見師父喊餓便道他早已準備好了，就等師父開口，還讓陸子衿也跟著一起吃。

「我這徒弟手藝挺好，就是笨了點。」

「我瞧你徒弟不只手藝好，脾氣也好，尋常人讓你這般嫌棄還樂意伺候你，你該燒香拜佛。」陸子衿瞧不慣他這般作踐自己徒弟，推說不餓，隨後離開屋子到師父的墓碑前恭敬一拜。

碑上的字有些斑駁了，他思索著或許得尋個日子來補上，最好是挑夏日，讓太陽晒個幾天較好，唯一得擔心的便是許有突如其來的驟雨添亂。

「師父，徒兒來看你了，這次忘了帶你愛的吃食，日後我來幫師父補碑上的字時再讓青青替您帶來。青青，快跟師父說你會記得……的……」

他一扭頭卻是空落落的杳無人煙，失落之情擴散。手掌蓋著胸膛，除了心跳之外，他還感受到一種難以言說的情感，這已經是他數不清第幾回喊人卻落空，獨自上路當真是太寂寞了。

*

即便他說不餓，方酌還是為他端了碗麵來。

「我師父就那性子，你別見怪，他其實人很好的。」方酌極力替他師父緩頰，可他的解釋聽在陸子衿耳裡就那麼刺耳。

「是嗎？」

「是啊。陸兄弟快吃，還熱著。」方酌許是自知這些維護怎麼聽都難以說服人，搔著頭便不再堅持。

這碗麵可說是豐富至極，白麵沉在黃橙色的湯裡怎麼瞧都可口，蔬菜翠綠、雞蛋光滑，即使不開葷也絲毫不減這碗麵的美味。陸子衿掌廚多年，這碗麵是花了多大的心思熬煮湯頭的一喝便知。

「你還用雞骨熬湯……當真寵你師父。」雞骨熬湯並非難事，難的是如何使其清澈，時時守在爐邊僅是基本，得用湯勺將泡渣一一撈起扔棄，熬至最後才會是黃橙色，表面浮起的一層油亦光得發亮，堪屬上品。

方酌有些害臊地笑道：「不是我寵，是師父體虛，這飲食上要格外精緻，外頭的吃食不知道加了什麼，總是不安全，後來就都由著我掌廚了。」

「體虛？」陸子衿想他看起來是那麼健康強壯，哪裡瞧得出一丁點體虛的樣？

「是啊，師父受過內傷，即便用了各種名貴的藥材補品也好不周全，因此才得在飲食上用盡心思。據說師父會練武也是為了強身健體。」

方酌並未詳細說明內傷的位置，陸子衿也無興趣探究，只是想起幼時他也格外留神盯著陸青的吃食細節，絕非體虛之故，而是當你連吃的東西也得斤斤計較之時，自然會將最好的盡數留給重視之人。

他咀嚼麵條，嘴裡全是清甜芬芳的雞湯味，思緒卻回到那一年。

*

當年祝融之災過後，陸子衿揹著師弟離開故居，身上毫無盤纏，僅有師父師母贈與的細瑣物事，為了生活，他只能將這些都當了換取現錢；走出當鋪時，他垂下臉看著陸青熟睡的樣子，發誓無論生活過得再苦，這孩子頸間的金鍊也不能落入當鋪之中。

那一年，他們不過八歲與兩歲。

「我可不吃，但陸青得吃飽。」

他的欲望所求，均是陸青。

他牽起師弟的小手，輕聲哄他一塊兒上路，總得找著一個能讓他倆活下來得地方待著。

「青青想看看更漂亮的地方嗎？師兄帶你去四處玩好不好？」

「玩？好！」

孩子天性，伸手嚷著就要陸子衿抱，一大一小在刺骨的寒風中穿梭於鄉間，已然採收完畢的田地光禿禿的，待到明年開春得以播種；縈繞鼻間的香氣淺淺的，陸子衿直覺熟悉，卻硬是想不出，直至東方天色漸亮，蟲鳴鳥叫齊放，他才想起那是高粱的味道。

「原來這就是高粱田地。」

他帶著陸青在高粱田邊覓了塊地方坐下飲食。

把餅拆成兩半，陸子衿吃掉小的那塊，大的那塊讓陸青捧著慢慢吃，吃得渴了便嚷著想喝水，陸子衿便告訴他千萬別離開，自己去找水喝。

未料，待他以破碗裝了清水要回到陸青身邊時，遠遠瞧見一名賊人正欲從身後環抱陸青，一看便是要將其以蠻力拐走並販賣的。

「青青！」

陸子衿大喊，把手中的碗當成了武器，直接往那賊人的頭上扔去！

「嗚！」

賊人的額頭遭挫，迸出血來，他摀著傷處一臉困惑。

陸子衿沒給他時間，直接使上輕功衝向陸青，無奈賊人到底是身強力壯的成年人，就在他的手即將觸碰到陸青的一瞬，孩子卻沒了，他抬眼一望，就看見那賊人滿臉是血的瞪著自己，揪住陸青後頸的力道奇大，讓孩子面露痛苦地喊「師兄」。

「該死的小混球！」

賊人不滿自己會被一個如此年幼的孩子擊傷，又因手握對方的軟肋，便以此要脅陸子衿雙手必得空無一物。心繫陸青之下，陸子衿自然照辦，然而下場卻是他被賊人狠狠踩在腳下，一點掙扎的餘地都無。

「嗚……呃……」

「師兄！」

陸青哭得更大聲，簡直像是要把方圓百里內的活物都吸引到近側一般響亮，賊人哪受得了，咒罵一聲便扯下一塊布料塞進陸青口中。

「嘿，這小娃兒倒是精雕細琢。」賊人不懷好意地笑，「試想若是這麼精緻的娃兒失明、嗓子沒了、又手腳盡斷，在路上乞討會多讓人心疼不捨哈？我警告你，小子，如果你敢對我動手，我就真斷了這娃兒的手腳！」

「不！」

陸子衿怎麼能接受？他死命掙扎，卻忌憚著賊人的威脅，生怕師弟真的會被斷了手腳，縱使痛苦卻也無計可施，只能眼睜睜看著賊人把陸青的手腳反綁、架在肩上，轉身要走。

「青、嗚！」

肋骨應是斷了，他才喊一個字，身體就痛苦得難以忍受，從胸口猛然炸裂開來的苦楚難以言說，他只能倒在地上，眼睜睜看著賊人離開。一想到陸青或許真的會被毒啞、斷手腳放到街上乞討，陸子衿就覺得眼前一黑，嘴裡一陣腥甜，卻沒吐出任何東西。

「啊！」

然而，事態卻往往出人意料。

那個賊人在毫無預警之下猛然倒地，只來得及喊出一聲「啊」。

陸子衿雖訝異，卻沒有時間停留。

痛楚依舊，但他沒有心思餘力與其相處，不知哪來的力氣使他猛然站起往前衝，趕在陸青跌落地上摔得皮開肉綻之前將自己當成肉墊，即使肋骨可能因此多斷數根也是值得的，至少他的師弟能免於被拐賣與殘害的命運。

「嗚！嗚！」

陸青因著口中的團布只能發出如野獸般的嗚叫，陸子衿趕忙把那團布抽出，眼角迸出的液體是溫熱的。他亦著急地檢視孩子身上是否有傷口，幸好除了受驚之外並無異樣。

真要說起來，陸子衿受傷這事反而更讓陸青驚魂未定。

「師兄，師兄哪兒痛痛？」

年幼的孩子哭著想抱緊師兄，但是這樣的動作卻牽動了體內傷痛，就算只是抬起手臂都能使陸子衿痛得眼淚直流。

「我、沒事、嗚！」

「沒事？肋骨都斷了，還能沒事？」

這道聲音出現得離奇，兩兄弟都沒看清這人是從何處冒出來的，以為是另一個拐帶孩童的賊人。無法怪責他們倆有這般聯想，誰讓這天的冬陽出奇毒辣，在瞧不清楚五官樣貌之下任誰都無法判斷對方是敵是友，自然只能戒備提防。

「放心，我剛剛攻了他要害，就算他命大沒死，短時間內也難以起身，傷不了你們。」

那人緩緩走近蹲下，竟是一張過於憨厚的臉孔，不知是否年齡相近，陸子衿看著那張臉卻想起師父。有時人的主觀念想就是如此神奇，只有一點相似之處就足以消弭其餘相異。

「小弟弟，你再抱下去，他的肋骨只會斷得更厲害，屆時要養可就麻煩了。」

「可是、師兄，師兄痛……」

「我替你師兄看看。」

陸青驚魂未定，就怕他是下一個要對兩人不利的，哪肯輕易鬆開手？反而大哭著抱得更緊。

陸子衿身上疼痛加劇，卻也反手抱住師弟，兩人的姿態與神情均透著悲壯與哀戚，反而讓來者哭笑不得。

「行了，我沒打算吃了你們。」

約莫是沒興趣勉強人，他起身把那個賊人綁好扭送官府。果然如他所說，那賊人即使命大也無計可施，只因他的攻勢都是瞧準了弱點而去的，心口、人中、手腳筋脈均受重傷。那人冷笑一聲，順手點了幾個穴道止血，這是明智的，否則這賊人別說撐到進官府，光是在半路上就會因鮮血流盡而亡。

那人找來幫手，令他們將賊人送進官府後便走進道旁的小屋裡不再搭理他們，倒是陸青見陸子衿已然快要暈厥過去，急著眼淚直流，直至夜幕降臨，滿天星斗閃閃發光，陸子衿卻再也無法回應陸青任何一句話時，在唯恐失去師兄與生命危險之間，他果斷選擇後者。

「啪啪、啪啪！」

陸青跑到那人待著的小屋前拍打木門，發出陣陣悶響，不消幾秒鐘門開了，那人以探究的神情凝視陸青，並未主動開口，而是以一介被索求者的姿態等待。這一招極為高明，一來不予人壓迫之感，二來亦不會自討沒趣。

「請、請救救我師兄！」陸青哭得滿臉的淚水與泥巴混在一起，使他看上去像個小叫化子。

那人勾起一抹微笑，先是伸手沾了些水把陸青臉上的泥濘抹去，而後走去田邊抱起陸子衿到鎮上給許大夫醫治，許大夫直言幸虧他有練武的底子，否則這一傷恐怕得養更久。

「算我的帳，盡量救治吧，需要什麼藥材食材儘管用。」

就這一句話，徹底收服了他倆。

陸子衿的傷極重，大夫果真盡力救治，上好藥材熬成的湯藥像灌水一般讓他喝下，最終是保住了性命，卻留下了後症，身子格外虛弱，回到家後也被勒令得臥床養病。

陸子衿永遠記得那日吹著西風，是個豐收年，風裡帶著稻穗的香氣，陸子衿躺得厭了便下床走動，此時一陣腳步聲與推門聲響起，一個孩子跑到他面前，喘得夠嗆，雙頰泛紅，像尊瓷娃娃。

「師兄！師兄好了？」他滿臉歡喜地叫道。

「今日舒服些了，老躺床上要生蟲子的。」他笑著嚇唬總愛賴床耍懶的師弟。

「蟲子！師兄長蟲子了嗎？青青看！」

陸青煞有其事地放下懷裡的碗就要脫師兄的衣服，心急如焚的態勢引人發笑。

陸子衿自然不可能讓他得逞，便道：「師兄還沒長蟲子，可青青若再賴床便要長啦！

嗯？那碗裡裝著什麼？」

這一提，倒讓陸青回過神來，想起此行目的。

只見他捧起碗遞給師兄，慎重其事得很，揭開碗蓋就看見裡頭有隻表皮油亮的雞腿，尺寸格外巨大，陸青的手竟能被完全掩蓋。

「這雞腿哪來的？」陸子衿問道。

「九叔叔給的！」他奶聲奶氣地說，見師兄眉頭皺起，趕忙道自個兒有道謝，還給了他一個擁抱，把九老闆逗得直笑，要知曉他陸青鮮少抱人，這可比道謝更有價值！

「那快吃吧。」

陸子衿道這雞腿是大人寵愛陸青而有，卻見師弟搖頭，抓起油膩膩的雞腿就往他嘴邊湊。

「九叔叔說病患要營養，是給師兄吃的！師兄，啊——」

從未想過是給自己的，陸子衿下意識張嘴咬下一口，腿肉鮮甜滑嫩，陸子衿養病多日，藥湯苦澀，如今有腿肉做調劑卻是正好。一口咀嚼方休，就看陸青偷偷嚥口水，怕他發現還趴在桌上做為遮掩，不禁會心一笑，他自然沒忘師弟最愛吃腿肉。

「這雞腿太油，吃多傷胃，青青與我一半可好？」說罷便將雞腿湊至陸青面前。

「一半……」陸青擋不住誘惑，險些就要張嘴，卻想起這是九老闆千叮萬囑要讓陸子衿吃進肚裡補足營養的，便如何也咬不下，稚氣臉龐配以猶豫神態，怎麼瞧都逗趣。

「青青幫師兄忙好不？就吃一半。」

陸青猶豫，陸子衿卻與他比執拗，半晌過後陸青讓他抱在腿上，一人一口地分食雞腿，一人略使小技，張大嘴卻在咬住肉時猛地縮小，意在讓年幼的陸青多吃些肉，長久以來慣於如此，總是將好的都給懷裡的稚子，毫無怨言。

「我以後大了，要賺好多好多銀子！」陸青突道。

「賺好多銀子要做什麼？」

「要買好多好多雞腿給師兄吃！你一隻我一隻！」

稚子的童言童語使人發笑，陸子衿往他的額上一親，這般親暱已是習慣，陸青咯咯笑著，可愛至極。

「可你若大了，便要娶妻生子，屆時你的雞腿便要給你娘子跟孩子吃，知道嗎？」

陸青一聽便皺眉，仍是孩子的他聽不懂這話的意思，卻明白這是婉拒的意思，執拗地嚷「不！」

「我若大了，便要——」

「若是青青在，定會喜歡你這碗麵。」陸子衿從記憶中回神，笑著把空碗遞回，但覺一陣空虛，以往都是兩人在一塊兒，如今自個兒獨處竟備感寂寞。

方酌只道今晚天冷，別待太久便回屋了，說他師父睡前還得按摩腳掌，否則次日便要手腳冰冷難以動彈，讓陸子衿問不出「你師父還有什麼事不歸你」這等不解風情的話。

送走方酌，陸子衿待在寒夜中，腦袋給凍得格外清晰。

「怎會這般呢？竟把青青當成……」他抱著頭，無法明白為什麼最近的夢裡不再出現師父或那場大火，反而總是夢見陸青，而那些夢……起先並無異樣，就是他倆平時生活的樣子，可隨著次數漸多，也逐漸便得讓人臉紅心跳，好幾次陸子衿是驚醒的，褲襠則一片溼，這等事情若讓陸青知曉實屬不妥，因此他便悄悄褪了衣物清洗，數回下來但覺難堪，更是困惑。

「青青……青青是我的師弟啊……」

他怎會對師弟抱持這般男歡女愛之情呢？這麼多年相依為命，是哪時候開始的？陸子衿竟無法給予答案，只是如今身處寒風之中，他數度回頭想讓陸青到他懷裡一起包著斗篷別著涼卻一無所獲，此般孤單與十數年前有少許相似，其餘的相異卻是那麼強烈，讓他無所適從。

第四章

陸子衿攏了攏斗篷，繼續待在屋外，一彎新月高掛。年節剛過，還得再等上幾日，月彎才會逐漸圓滿。

不知陸青有無好好用膳？都吃些什麼？陸子衿猜自己不在他定是饅頭啃著就權當一餐，早知應替他備好飯菜放在桌上……衣裳不知有沒有添？這幾日的溫度著實怪異，一日四季，稍有不慎便容易著涼，以往都是他盯著陸青的衣著，如今少了嘮叨，那孩子會不會記得要穿衣？

「才分別不過一日哪。」他苦笑著自嘲，心底的空落越發強烈，竟無法可擋。

陸子衿一躍而起，在一塊大石上坐著，滿天的星斗與除夕那晚一樣，身後卻少了個人，身上的披肩竟不夠暖和，他得同時運氣讓身體發燙起來。

吁口氣，他滿腦子都是方應歸的話，師父是被熟人所害……會是何人？

他知道那場祝融並非意外，師父師母的死狀極度悽慘，無數劍孔布滿全身，一瞧便知是人禍，但江湖尋仇與熟人陷害畢竟有著本質上的差異，前者純屬利益，後者卻是人心陰險，況且……

陸子衿細想，越覺這對師徒出現得太過突然。

師父生前他從未見過這位「摯友」前來拜訪，慘案發生至今也已過去十八年，若真如對方所說每年都會前來祭拜，有可能年年錯過嗎？種種疑點，讓一向謹慎的陸子衿更覺蹊蹺。

「陸兄弟。」

這聲叫喚讓陸子衿猛地回神，扭頭便見方酌站在不遠處朝自己笑。

「方酌，怎麼了？若是要就寢的話，隨意挑間房睡就好。」

「不是，只是師父說今夜霜寒，讓我拿件外袍來給你披上。」

「你師父？」他挑起眉直言不信，「是你的意思吧。」

方酌不置可否，只是把外袍遞上，淺金配蔥綠，這般張揚高調的配色也就只有方應歸喜愛。

總不好拂了他人好意，陸子衿還是將外袍套上，卻始終沒忍住問了一句：「你總是這般嗎？」知悉這世上有千百樣人，自然便有千百種相處，只是如此不分明的師徒關係還是第一次見。

「總是這般？」

面對這問題，陸子衿反而無話可說，他驚覺自己無法揀選一個夠適當的詞彙形容他們倆，正如自己二人若剝去師兄弟的外殼也難以形容這種相濡以沫的情感究竟是什麼……他足夠敏銳，在十八年間漸漸不同的情感縱使隱晦仍是變質的，就像高粱，初釀的第一年與存放了十八年又怎會一樣呢？

方酌見他沉默，有些苦惱地抓頭，並躍到對方身邊坐下，一同仰望星空。

「我最喜歡看星星了。」方酌傻嘿嘿地笑，「但師父說星星有什麼好看的，總不樂意陪著我。陸兄弟喜歡嗎？」

喜歡嗎？陸子衿答不上來。

仰頭望天，墨黑的夜讓點點繁星點綴，他則如詩詞中「霜落夜深風悄悄，月明無限客愁多」那般愁緒滿腹。他猜若是懂詩詞之人瞧見，想必會對此美景說出讓人嘆為觀止的佳句，可惜他只是個平凡人，只能說出諸如「迢迢牽牛星，皎皎河漢女」的尋常詞句，毫無新意。

「以前，我與師弟在流浪的時候，幾次露宿街頭，那時候也只能瞧著星空看。」這算得上喜歡嗎？陸子衿無法斷言，卻知道陸青是喜歡星空的，「只要星星一多，師弟便笑呵呵的，往往過了就寢時間還貪看，一人看還不夠，嚷著要我陪。」

「你師弟與我倒是投緣。」方酌笑道。他敏銳地瞧出對方在提及師弟時的表情，也笑某些無法言說的東西。

許是對方探究的眼神太過，陸子衿忙收斂起神色，故作正經地輕咳兩聲。

「你與你師父每年都來，都是什麼時節來的？怎地我從未瞧過你們？」

這問題有些困難，方酌直言他很少在記日子與時辰，只是去年來時陰雨綿綿，兩人急著趕路，還因此弄髒了鞋襪。

「師父喜靜，也喜淨，直嚷著晦氣，於是我便背著他在雨裡走，那時風是迎面的，還有點青草味，聞著聞著倒也清爽。」

「你還背著他趕路……」真是個好徒弟，莫怪方應歸會如此依賴這個徒弟。

「小事。」

這兩個字倒是別具深意，連背著在雨中行走都算小事，那什麼才算大事呢？陸子衿花了好大的勁才壓下想探究一番的意圖。

「若是陸兄弟的師弟弄髒了鞋襪，想必陸兄弟也會如此吧？」

「……不。」

陸子衿心想自己不會那麼乾脆就背著他走，而是會將鞋襪褪掉讓陸青穿上，確保他腳底溫暖後才會背著他上路。

「我會多備一雙鞋襪在包裡，免去這般尷尬。」即便心想的是那般，脫口而出的卻是這般，陸子衿知曉這拗性已是改無可改。

方酌一邊稱讚他思考周全，一邊回憶起更詳細的日子，因而錯失瞅見陸子衿微妙表情變化的良機。那是知曉自己不實誠卻也對此無可奈何的姿態，不知從何時開始，他對陸青便是這般。

晚風漸強，即使多加一件外袍也依舊寒冷，陸子衿說「想進屋了」後一躍而下，他身上的袍子因而飄在空中，青色如碧絲、黃顏似晚霞，交錯一塊兒格外賞心悅目。

「不好意思，陸兄弟，我們不請自來，還占用了一間房間……」

「無妨，今日只有我一個，擠一擠還能過。」

方酌率先打開門讓陸子衿進去，不料屋內卻憑空多了一個人正站在方應歸的身邊不斷踱步打量，一見著他們倆後「啊」了一聲便跑過來抱住他的師兄。被冷風吹了一路的冰冷觸感透過肌膚傳遞，年長的那位來不及發難，倒是桌邊的那位率先嘆氣。

「你們兩兄弟是怎麼回事？」他猛地站起，身上的袍子已然換了一件，藉著光仍可看見白布上精繡的痕跡，若能撫觸想必會更明白那繡紋的主題，「同一副樣子，下回我在身上寫名字罷了，省得被盤問兩回。」

光是這幾句話便能猜出方才的狀況，想必是陸青深夜前來，發現屋裡多了個外人卻不見陸子衿的身影，方應歸簡單幾句交代定是無法讓陸青信服，兩人便耗在這裡了，一者警惕著對方，另一方則滿是無奈。

方酌聽出當中的憤怒，連忙哄著師父進房去睡，這番作為讓兩人均愣住，著實不知究竟誰才是師父、誰又是徒弟。

待房門關上，便只剩下兄弟倆，陸子衿輕拍對方的背，開口卻滿是心疼與不悅。

「不是讓你在家裡養傷嗎？怎地跑來了？」

瞧他滿臉渾身都是熱汗，想必是一路急著過來的，較晚啟程卻只遲了半天，隨便推敲就意會過來他或許連吃食都沒帶，這不連汗都無暇抹去嘛。

「每年咱們倆都一塊兒來的！」陸青控訴道：「師兄，那兩人是誰？我進屋只瞧見他，還道你被怎麼了……」

「小操心鬼。」他輕捏師弟的鼻間，簡單交代兩人來歷後又念叨：「你這不是有傷在身嗎？師兄想你千里迢迢也勞心勞力，想來師父也能體諒的……」

陸青看似有些存疑，只因他從未見過他們倆，即便師兄說那對師徒並不如自個兒是瞧準了時日而來，多有錯開也在常理之中。

「師兄身上的傷也未好全啊……唉，罷了，我爹最疼我不是嗎？我沒來，他才會生氣呢。」陸青性子直，便不再糾結那對師徒，「況且我身體好了！前幾日打了一套拳法，哪兒都不痛，想來是不成問題了……」

陸子衿突然沉下臉，驟變的氣氛讓說錯話的一方馬上住嘴，然而為時已晚。

「打了一套拳法？」

「是……」陸青吶吶地說一點兒也不痛，胸口、腳踝都如往昔。

陸子衿才想起前幾天陸青突然一身汗的進屋，問他去哪裡了，說是在附近走走，天熱所以滿身汗。當天的確太陽暖和，如今回想起來卻處處蹊蹺，平日也是這般走走，怎就那日有異？

「不是說了在好之前不許練武的嗎？真是的，平日要你勤些卻貪睡犯懶，現今如你願，反而拚命來著？」

見他是當真動怒了，連語氣都特別沉，陸青聰明的不敢說話、逕自抱著對方的手臂磨蹭撒嬌，以往這招都見效的，今次果然不例外。

陸子衿儘管還氣著，卻無方才那般動怒，只是用袖口替他抹去頸間的汗，幾句念叨脫口而出沒入風中便遠去了，只剩下近在咫尺的安靜閒適，對兩人而言極其珍貴，於陸子衿尤是，他終不必忍受孑然一身的寂寞，可這點他是決計不會讓人知曉的。

「啊，師兄，我忘了買麥芽糖人……」陸青分外懊惱，往年回來時總不忘記捎上一些供在師父墳前，可這回他看了信便倉促上路，連衣裳都忘了多加一件，又怎會記得要繞去集市上買呢？

「師父總要惱你一回了。」陸子衿笑道。

陸青癟著嘴鬧彆扭，此時風吹進屋內，他忍不住地抖，見到師兄後心底踏實，身心放鬆後不再百毒不侵，被風一吹便不住地顫。

「下回別忘了添衣裳，先進房。」

陸子衿一進房便不由分說把陸青扔進被褥，思量半晌自己也跟著進去，兩人在被窩中互看，竟格外溫馨。

此處不供久居，自是無多餘衣裳替換，此舉也是無可奈何。

「你還年幼的時候也總這樣鑽進我被裡趕不走，還記得嗎？」

陸子衿笑著把被褥摁好，不讓冷風灌入，兩人的體溫緩步升高，除了汗水與體味，還有一股獨特的異香，陸子衿嗅著竟渾身發熱。

「師兄的床好暖，好香啊。」

「連說好暖好香這點都毫無長進。」陸子衿嘴上念叨，雖因著方才在屋外的煩惱而有些燥熱難安，卻顧念著陸青怕他著涼，便將少許困窘拋諸腦後了。

陸青像是也憶起那些同床共枕的夜晚，自然地抱住對方磨蹭撒嬌，像隻慵懶的大貓。香味越發濃郁，陸青認得這股香氣是專屬於陸子衿的，每回他總能在對方的被褥裡尋著，於他而言這便是世上最使人放鬆的芬芳；手掌隔著布料輕輕撫過，帶點粗糙的質地禁不住汗水調和而逐漸變得滑順，然而陸青卻不明白自己怎會流這麼多手汗。

心口怦怦直跳，本就是世態常理；若是比尋常要快呢？也實屬偶然。但——若是跳得胸口隱隱作痛呢？陸青無法找著一個合理的解釋，但嗅著熟悉的香氣，雙腿之間竟也分外難受……

這意味為何？陸青難以言說，只道不與師兄在一塊兒就特別難受，一心想著要追便上路，無暇也無心力顧及別的……這般心情特別強烈，直至此時抱著對方才漸漸平息，他想若這個懷抱屬於自己的話就不會如此不安了吧……

陸青明白這想法太過離經叛道，可他無法欺瞞自己，否則他也不會匆匆上路，連外袍、吃食甚至麥芽糖人都忘得乾乾淨淨。

「脫掉吧。」

「唔？師兄？」

陸青尚在「讓師兄屬於自己」與「離經叛道」之中掙扎，自然被這三個字嚇著。對於一個二十歲的少年來說，這三個字的殺傷力並不比一套灌注全身內力的拳法要弱。

「都溼透了，若是這樣就寢定會著涼。」陸子衿說另間房讓給那對師徒使用，因此他們倆今晚是註定得睡一塊兒了，「脫掉衣裳，我拿去烤火，被窩裡暖，你便待著。」

陸青的雙頰又紅又燙，方才他顯然往有些兒少不宜的方向聯想，卻聽陸子衿是發自內心關心，不禁又羞又愧，羞的是他對陸子衿的非分之想越演越烈，愧的是師兄即使自己難受仍是如此關懷他，著實無以回報。

衣褲盡數褪去後只留著底褲，原先陸子衿還催促他全都脫了，卻見陸青扭捏著不肯，心想這孩子也大了，便由著他去。

「先披著我的外袍，被子蓋妥。」

青色的袍子披在陸青身上竟不見一絲違和，陸子衿露出欣慰又暖心的微笑，「挺適合你的，回頭師兄替你做一件可好？」

「別吧，師兄，我可穿不慣袍子。」

「呵，也是，你毛躁慣了，穿了袍子只怕是寸步難移。」

「師兄！」又笑話他！陸青噘起嘴鬧彆扭。

「好、好，不說了，倒是去年我在這兒藏了一小瓶梅釀，那時嫌不入味，到如今應順口許多，我找找……」說罷便走到床頭邊摸索。

陸青哪捨得漏看他的一切舉動，趕忙攀在床頭板上往下細瞧，就見一雙白皙優雅的手在地上忙活，一塊磚瓦被挪開，地下別有洞天，一瓶已被開封的小酒壺躍然眼前，瓶底的雪白乃是窯燒而有，世上再找不出與它一致的另外一瓶。

「梅釀甜，能暖身。」他拆開瓶口的布往內細瞧，說裡頭大約只剩下五來杯，「等我回來的時候你便喝些吧，別喝急，當心嗆著，反而咳傷了喉嚨。」

「謝謝師兄。」

陸青心想陸子衿還真是把他當孩子了，可這些叮嚀怎麼越聽越歡喜呢？他伸舌在瓶口邊上舔，淡淡的酒香與甜甜的梅汁讓他心醉，再抬首瞧時，陸子衿正從門邊閃過，少了外袍的遮掩，他纖細的身軀毫無保留地映入眼簾，竟讓陸青頓覺呼吸困難。

外袍底下的衣料是貼身的，但求舒適，因此用的料子極薄且滑，肌膚從裡透出就像白煮蛋那般滑順雪白，陸子衿主修內功，身子自然不似陸青那麼精實，加以身子骨虛，營養難收，更是纖弱，此番美態落在有心人眼中自是充斥著另種風情，連腰臀輕輕擺動的姿態都極端誘人，宛如池中白蓮，高雅別致。

這是怎麼一回事？陸青突然想起那些怕被陸子衿瞧見而悄悄溜到門外清潔底褲的夜晚，思緒猛地炸開，散落一地的殘骸讓一一撿起，拼湊成陸子衿的臉孔刻進陸青眼底。

*

陸子衿走到灶前想燒火烘衣，卻不料早已有人占據此地。方酌正蹲在灶前，斗室讓燒得正烈的柴火烤得暖烘烘的。

「衣服溼了，穿著睡得感冒。」陸子衿邊說邊把衣物披上灶臺。

他心想這理應不用一刻鐘便能好，又思及陸青一路趕來想必肚餓，在方酌退開後接手爐灶，又見那雞湯與白麵都有剩便問能否取些，方酌亦不介意他使用。

麵條下水，攪出許多白泡，陸子衿專注地盯著，卻聽見方酌的笑聲。

「陸兄弟，你可真疼惜你師弟。」方酌道。

「是啊，我師弟一路趕來連口水都沒喝，現在定是餓了。」他伸手撫摸衣褲，已乾了大半。

方酌大方地問需不需要多拿些食材出來讓他烹煮，陸子衿笑道他到底還有多少寶貝壓在包袱底，並婉拒了這個好意，說是時辰已晚，再用過於豐盛的膳食容易不適，還是簡單便好。

「如此也是，那麼晚安。」

「晚安。」

陸子衿端著麵、攜著衣褲回到房內，正想叫陸青吃完後早些就寢，明日還得早起祭拜師父，卻看見應該在床上等待自己的人竟蜷縮在被褥裡連頭也不見，姿態著實怪異，頭個念頭自然往身體不適上跑，可謂人之常情。

「青青？青青，怎麼著？不舒服嗎？」

被褥裡的人並未回話，倒是床角深處有只酒瓶，陸子衿拿起發現是空的，可不是剛才讓陸青喝著取暖的梅釀嗎？還叮囑他別喝太多，一身酒氣定會讓地下的師父擔心。

「師兄，你別過來。」

陸青的嗓音模糊不清，像是隱忍著委屈一般讓人心疼，陸子衿哪時候見他這般，皺眉就要拉開被褥，卻硬是扯不開；陸青在裡頭也用手扯住不讓拉，這般反常的舉動更讓陸子衿擔憂，連喊了好幾聲「青青」。

「讓師兄看看好不？」比起硬碰硬，他知道軟著來對陸青更有效。

果不其然，在他放軟聲調、幾次詢問與安撫後，陸青揪著棉被的手悄悄鬆開，待掀開被褥一角，陸子衿這才發現以為的嗚咽聲其實只是意義不明的低吟，與哭泣毫無關聯。

「師兄，我去外頭睡……」他啞著嗓子，說完便要起身往外。

「別鬧！」陸子衿斥責他胡來，卻見他雙目灼灼，與平日大相逕庭，便憂心問他是否哪兒不適，見陸青一聲不吭便伸手，全是依著習慣，以往師弟總乖順得很，如今卻抓住他的手腕不放，更顯怪異。

「青青，怎麼了？告訴師兄。」

陸子衿格外堅持，陸青也難以對他下狠手，幾度要招架不住，最終只得大吼：「師兄！」

這一聲讓兩人均是一愣。

「如今我與師兄共處一室並不妥……所以才要到外頭去睡，師兄就別再問了……」陸青說得誠懇至極，若是他人定會識趣地不再追問，可陸子衿卻非他人，自然要追問到底。

陸青見他如此執拗，情急之下只得抓著師兄的手往胯下摸，異樣的觸感讓陸子衿雙頰潮紅，一時竟難以言語。

「咳，方才離開前……還沒這般不是嗎？」他有些尷尬，手抽開也不是、不抽開也不是，著實為難。

「方才我喝梅釀，一時沒留神就喝多了，有些頭暈，就躲進裡頭想睡一會兒……誰料這床上、袍上都是師兄的味道，聞著聞著就這般了……師兄，這般與你共處一室可不妥吧？」

「為何不妥？莫不是……」陸子衿話未盡便戛然而止，他明白陸青會如此正是因為自己，卻不感厭惡，反而胸膛因心跳加快而脹得難受，甚至有點喘，他得逼迫自己長吸長吐才不至於咳嗽。

不知是否錯覺，陸子衿總覺得掌心的震顫越發劇烈，心驚之餘也恍惚陸青在不知不覺間已長成一個可以擔負家庭重任的男子，那些瞞著陸青偷洗底褲的清晨歷歷在目，宛若昨日，隨後畫面模糊，是陸青與一人並肩而立，不知怎的，他竟看不清楚另一人的臉龐，像是無法想像未來會有怎樣一位姑娘陪伴在師弟身邊與他舉案齊眉，白首到老一般……

「正如師兄所想，所以……」

喉頭傳來一陣腥甜和著酸楚的苦味，陸子衿簡直無法想像自己會這般說話，可以說是不知羞恥——可他心裡明白，唯有這句話能像把刀，將那幅能真切擾亂他心緒的畫徹底摧毀，一點痕跡不留。

陸子衿只覺得口乾舌燥，宛如羽毛搔弄頸際般的麻癢感分擔了苦味，甚至隱隱能品出甘甜，像那瓶已被喝乾的梅釀，果肉酸澀、外皮微苦，可釀成酒後品著品著也覺香甜甘美。

「那師兄便得對你負責了。」

衣褲凌亂地散在床邊，竟像是歡愉過後的樣子。

陸子衿對床笫之私並不熟稔，因此他只能憑著本能行事。

鑽入被褥之中，只夠覆蓋一人的厚被遮掩不了兩人，只得盡可能讓下半身為溫暖所包圍，畢竟身上還有外袍，腿上可是一無所有。

「青青，靠在我身上，別看著我……」

被這樣盯著實在太害臊，更別說陸青是他的師弟、是如親弟弟一般的存在，以往總說他淘氣的像個孩子，如今卻在床上做這般近似夫妻間的事……即便陸子衿不斷重複「這無關情愛，只關義務」，卻對從腳掌緩緩攀爬而上，如蛇似蟲一般讓人渾身顫抖、頭皮發麻的異樣感毫無招架之力。

握在手裡的棒狀物逐漸染溼，從孔洞之中泌出的液體有些黏滑。陸青瞇著雙眼，有些恍惚地盯著腿間，縮起的肩膀與壓抑的呻吟、腿間的手摩擦越來越快，三者凝聚成一個初嘗歡愉而無所適從的少年。

「師兄、師兄……」

陸青緊緊抱住陸子衿，呻吟聲壓抑不住，只好張開嘴讓聲音不那麼響，可這般壓抑對於正值衝動年紀的少年更是另一種強力的撩撥，陸青的眼角掛著淚，絕非因為疼痛。

「小點聲，咬著我的衣服，別喊……」就怕隔壁房裡的師徒發現這廂的異樣，陸子衿極其小心地說。

可隨後，他便後悔自己的提議了。

陸青是張嘴咬住他肩上的衣裳了，可足以燙傷肌膚的灼熱吐息與不斷隔著布料舔拭的舌尖讓他差一點沒忍住地叫出聲來，那感覺實在太磨人了！

不料，在他還沒想著該如何一邊替師弟手淫、一邊抵抗這種挑逗之時，有隻手在自己腿間摸索並迅速握住莖身的事實旋即驅逐了那些不重要的念想。

「師兄的、也已經這樣了，師兄幫我、我也幫師兄……」

「天哪，啊……」

陸青的手掌不比他的那般白皙又小，那是個男人的手，對男人而言床笫之事往往均靠本能，該如何愛撫這根東西才能讓背脊發麻、爽得發抖，豈是任何幾本黃書或長輩的經驗談能授與的？

年輕的師弟一向學習欲望強、天分也好，這等愛撫挑逗的小事又怎麼會難倒他？

陸子衿覺得自己像是瘋了。

他讓陸青別看，自己卻能清楚地看見腿間的陽物在手掌的愛撫下越來越硬挺，甚至開始流淌淫液，可他竟希望這隻手別停，甚至更踰矩一些將自己壓在被褥之中，而陸青的臉將滿是情慾，啞著嗓說「忍不住了」，並把那根陽物挺進他身後的洞裡——

「不、不！」

他怎麼能這般意淫陸青？陸子衿覺得羞愧極了。

豈料他的「不」聽在陸青耳中卻成了忍不住要出來而央求他慢些的哀求，抬起臉就見他比鎮上所有姑娘都美、美得讓人魂牽夢縈的師兄正眼眶含淚地瞅他，胸口頓時一緊！

「師兄、你別這樣瞅我……」

陸子衿此時的姿態可謂妖嬈嫵媚，衣裳被盡數解開披在身上，一頭長髮不再被禁錮，比濃墨夜色要更深更黑，陸青以往只覺得那髮色極美，如今卻覺那分明是壓抑情感與性慾的色彩，低調至極，卻讓人無法不留神。

一股前所未有的渴望在胸口慢慢漲大，他驚覺自己竟無法克制種種妄想占據腦海，包括他想在陸子衿的肌膚上留下爪痕、咬痕與吻痕，並把他牢牢固定在懷裡，腿間的陽物在他的體內來回戳刺，毫不躁進地來到從未被好好愛撫疼惜過的深處，每當前端摩擦到那些初嘗此事而無法自拔的地方，陸子衿便會顫抖身體喊「青青」，卻不知他越是喊，陸青就越無法冷靜自持，甚至想把兩人的腿間都弄得一場糊塗、滿是淫液……

「青青、你別、揪著不放……啊……」

被握著撫弄的陽物從原先彆扭到如今的欲求，陸子衿自知其中不存在羞恥，甚至毫無掙扎，他就這樣坦率地跨越了師兄弟間似友如親的界線，但內心卻絲毫不為此愧疚，自尊與坦承正拉扯他的理智，並一再提醒他有多卑鄙。

「師兄，師兄身上好香、哈、哈……」陸青不懂、也不想理解何謂羞恥，在他心中，這般親密的接觸正是他想要的，之前的種種困惑、不解與憤怒，都在坦誠相見之中獲得答案，原來他一早便是如此了。

他想要師兄，想獨占師兄，一輩子都不讓任何人靠近。

一旦理清思路，陸青就不再是不知所措的一方。

他悄悄往陸子衿身後一伸、一扣，便將對方緊緊摟在懷中，與他想像中的並無二致；比起對未知的驚慌，更近似無法承載更多歡愉而討饒的叫聲最能勾起肉體深處的獸性，陸青正是一頭發情的小獸。

陸青張嘴，用有些粗魯的方式銜起師兄的嘴脣，一旦有了連結，他們倆就像本為一體般密不可分。兩人都沒有經驗，只能摸索著接吻的方式，起先鬧了笑話，咬得彼此皺眉，而後是陸子衿捧著師弟的臉，以舌舔拭脣縫與貝齒，不需要任何明示暗示，陸青伸舌與其交纏吸吮全是本能。

「嗚、哼嗚……」

陸青的吻像是狗崽的舔拭，全是滿心的依戀，毫無雜質，而這樣的吻卻比任何高明的吻技都要讓陸子衿意亂情迷，腰間的痠麻感越發強烈，當他最終疲軟無力地往師弟身上倚靠時，發現眼前的男人的確不是個孩子了。

沒有一個孩子會對著同樣身為男人的人如此身熱情動。

從未細看過的胸膛不知何時變得如此強壯，手掌遊走於其上，充滿生命力與性魅力的突起亦隨著他的撫觸起舞，乳首在指尖的撫弄下蛻變成冶豔的棗紅色，陸子衿從未想過自己會對著陸青的胸膛鼓譟難忍，渾身發燙。

吻似乎毫無結束的時候。

雙脣甫分開又再度擒住對方，分不清是誰先按捺不住，或者不分先後；握著陽物撫弄的手逐漸覓得訣竅，私處早已濡溼一片，濃烈的男性氣息瀰漫，陸子衿覺得自己是瘋魔了，竟渴望更多、更強烈的——

「師兄，舒服嗎？」陸青啞著嗓子問，他像是強忍著天大的苦楚一般緊皺眉頭，臉頰額上都是汗水，「師兄，師兄……」

最纏綿的情話莫過於此。

從未想過此一稱呼能如此催情，陸子衿的身體已然不受控制地隨著陸青的愛撫與親吻而展露媚態，像終於親身體驗到肌膚之親有多美好那般，之前的強忍與壓抑再也不受控制，更欲一口氣索要回來。

「青青，原諒我、青青……」

——原諒我竟對你有非分之想、原諒我絲毫不顧師兄弟之間的分寸、原諒我有那麼一刻想貪婪地擁有你。

陸子衿自然不會知曉他所祈求的「原諒」，正是陸青最真實的慾望。

「啊！」下唇被舔得又紅又腫，兩腿間的陽物也在手的忙活之下盡數洩出，白濁的液體射了個淋漓盡致，陸子衿渾身頓覺暢快至極。

陸青畢竟年輕些，射出的陽精極濃，陸子衿嗅著嗅著只覺好聞，還特別催情，身體卻因著初次而疲累不堪，布滿肌膚的薄汗在磨蹭之間不分彼此，他癱軟在陸青懷裡喘氣，從未想過這般隱密羞愧之事竟如此快活。

「師兄、舒服嗎？」陸青執拗地問道，沒忘了用外袍將兩人團團包住，要不著涼可就糟了。

「……舒服。」陸子衿覺得有些疲憊，眼皮沉重。

許是這幾日有太多事藏著掖著，又逢師父忌日所致，陸子衿竟在師弟懷裡安穩地睡下了。

陸青見他這般倒覺安心，捨不得放下他下床去，心想就這樣也未嘗不是一件美事，便拉起被褥將兩人的身體妥善蓋好，暖烘烘的不只有身體。

「喜歡，師兄。」

陸青低喃著，眼裡滿是歡喜。

第五章

隔日天氣晴朗，四人早早便來到陸雲的墓前祭拜。每年都做的事情自然了無新意，倒是陸子衿花了一些時間交代兩人近況，陸青則一肩扛下粗重的活兒讓師兄到一旁休息，他與方酌一同焚燒紙錢。

陸子衿尋著一處樹蔭坐著休憩，方應歸竟也跟著過來了，看似漫不經心，實則是瞧準了目標而來的。

「稍晚我們便走了。」方應歸用扇子搧風，看似是熱，陸子衿卻明白他是在遮掩說話的口型。

「慢走。」他並未多做挽留，昨晚姑且不論，今晨看到他後便滿腦子又是師父被熟人所害之事，心情不免沉重。

方應歸僅是一笑，逕自往他身旁坐下。想他方應歸是何人，這般冷淡甚至厭惡的態度還少見嗎？太過熱情的，興許才會讓他處處提防。

「昨日我同你說的，請務必守密，尤其別讓你師弟知曉，不管你們倆有多親密，這事一個弄不好便是殺身之禍，你也不希望你師父真正絕後吧？」

陸子衿表面波瀾不驚，心底卻是一陣涼，昨日所發生的一切莫非已被知曉了？他分明已極力壓抑聲音了……

悄悄覷著方應歸，臉色並無任何調侃的意思，可他卻再也無法自在，雙眉皺得特別緊。

陸子衿咳幾聲後問他關於害死師父的人有無更多消息，乾啞的嗓音竟與燒紙錢的啪茲聲融為一體。

方應歸輕哼一聲後遞給他一張紙，字折在裡頭，除非打開細瞧，否則是什麼也看不清的；可陸子衿一接過那紙便覺異樣，不禁皺起眉頭，動作因而遲疑，正要詢問之時卻見他噘起嘴「噓」了一聲，神祕得很。

「可試著從我寫在裡頭的人下手。一樣，看完後務必燒毀。」

陸子衿心想這時也不好掀開細看，更何況這裡頭有內情，便收進兜裡，同時方應歸喊了一聲，方酌心領神會，旋即來到他師父身旁。

「師父，要走了嗎？」

「嗯，此行目的已達，家裡的事急迫，走吧。」

顯然當師兄弟兩人正經歷昨晚那場臉紅心跳的肌膚相親之時，這對師徒倆也同時商量了後續的安排，光聽他們倆默契十足的對話便能如是推測。加以紙錢也已燒盡，陸子衿和陸青將環境收拾好後又多休息了一陣才動身回家。

回程路上兩人有一搭沒一搭的說話，原先要近一天的路程竟縮短了近一半，到家時還能聽見打更的正大喊「丑時四更，天寒地凍」。

陸子衿想先打發陸青去睡的意圖未果，無奈之下他只得陪著一起上床，卻並未熟睡，更在更夫頭次大喊「早睡早起，保重身體」時悄悄下床。

天色甫亮，氣氛詭譎，陸子衿怕被陸青看見，於是走到屋外才將信打開，先是瞧見裡頭一只圓形小盒，像姑娘家在用的胭脂水粉，盒裡裝的是黏稠的膏狀物，他猜或許是某種跌打損傷藥，急著看信之餘只得往兜裡一塞了事。

信裡字跡與上一封的確落差極大，看來方應歸的代筆一說稍稍可信；紙張隨著手勢與風勢而飄動，能嗅到淡淡清香，細聞之下只覺與方酌身上的有些相似……陸子衿搖晃腦袋，叮囑自己別偏了念想，得專心看內容才是。

信上僅有三個字。

「段湘香……」陸子衿皺起眉頭，沒料到竟是會是這三個字，他尚記得年前在集市上聽說書人說的故事，當中可不就有段湘香的存在？

此女乃是赫赫有名的江湖名家段家之女，有個有趣的分野，每當商場與官場上人提起段家，總是先提起段老爺與其近乎神一般的金錢敏銳嗅覺；可江湖中人提起段家，則多半會從這位段家女俠起頭。

段湘香與其他同齡的姑娘家不同，除了她並未如尋常女性那般嫁作他人婦，而是在江湖中闖蕩外，她還特別率真，最讓說書者津津樂道的便是她那幾段轟轟烈烈的江湖愛恨，樁樁件件都分外精采。

陸子衿曾在集市上採買東西時偶然聽見一些，當時只覺得是說書人渲染過多，可一與師父的死沾染上邊，那些故事又顯得有幾分可信了。

「是她殺了師父？」陸子衿不知道該信與否，捏著紙張的手已冒出青筋並微微顫抖。

腦中千頭萬緒，竟無一個定數，思來想去還是決定先作罷，現下天已大亮，陸青隨時都會起床晨練，怕被瞧見這紙而詢問，他索性到後院拾起幾塊柴火扔進爐灶中點燃，藉著熬粥的時候把那張紙燒了。

「師兄，你起得好早！是睡不好嗎？」

陸青瞧見火光明滅，知道是陸子衿待在裡頭，但以往他從未如此早起過，剛從師弟身分更進一步的他急著想當個男人，便處處事事關懷倍至。

「粥再過一會兒就熬好了，先去沖個涼。」

陸青噘著嘴，硬是要在這裡陪他直到粥熬好才依依不捨地去後院沖涼，陸子衿喊他順便抓起一把小米餵那兩隻雞，尋常對話卻像和了蜜，雙頰有些燙，那晚的記憶在此時躍然腦海，讓他下意識握緊兜裡的小圓盒。

那信上除了那三個字外，其實還寫了另一段小字，更是妥善隱藏在名字一旁，任誰也偷瞧不走。

思及那膏藥的用途，加以回憶薰染，臉頰的熱度無論如何硬是不肯退去，他得不斷以水潑灑才不至於讓陸青誤會他是否染了風寒。

「師兄，一口。」

陸青哪裡知曉師兄的為難與隱瞞，只道他這般反常乃因肚餓，舀起湯粥要餵他，兄弟倆人坐在桌邊，只是一頓尋常的早膳卻格外溫馨，陸青把陸子衿當成妻子那般疼惜照護，清粥配著醃蘿蔔盡往師兄嘴裡送，眼底的喜悅無處可藏。

*

陸子衿著實不知該從何處突破。

段家既是商家、也是江湖世家，戒備森嚴還太過輕描淡寫，陸子衿縱使輕功了得，思慮也縝密細微，可連著數日埋伏於段家之外數條街上茶樓竟也看不出防備漏洞，他哪裡知道段家名聲響亮，自然樹敵頗多，在防備上自是謹慎異常，別說旁人，即便是段家人自個兒若是外出的時日一長，也會摸不清楚時時更換的規律。

一連數日皆無斬獲，只從街坊鄰居口中知悉段湘香已有數月都不曾歸宅，如今偌大的段宅裡竟只剩兩位能做主的，陸子衿一聽便知這條線索算是斷了，不禁氣餒，只覺白忙活一場。

「該死的方應歸。」陸子衿只恨自個兒怎麼就信了那姓方的，還浪費數天時間在這事情上，當真愚蠢！

現在細想起來，還是處處詭異。

他真是陸雲的友人嗎？可陸雲生前從未提過他，甚至連「方」字都不曾吐口。

十八年前血案發生之時，別說相助，連露臉都不曾，他又是從何得知此一人禍的凶手身分？都怨想報仇雪恨的心意太過，才會連如此簡陋的藉口都瞧不出破綻。

他在茶樓裡懊悔不已，硬是待了半天，直至陸青到來。

「師兄，怎麼愁眉苦臉的？」陸青關切地問道。

陸子衿見他緊張，笑著搖頭讓他坐下，盤中未空，便取了一小顆黃豆糕讓他含著吃，陸青極愛這種純樸的茶點，顯得心滿意足。

「有件掛心的事。」

陸青困惑，直問是什麼事能讓他掛懷多日，寥寥數字道出他早將師兄的言行舉動看在眼底。

陸子衿對此並不感意外，這陣子師弟的成長可謂有目共睹，宛如一夜之間長大，他不再幼稚，顯少撒嬌，亦不再天真樂觀；開始懂得直接遞上外袍而非噓寒問暖，習武不再貪睡發懶，甚至纏著要他傳授更難更高深的功夫，與以往毫無二致，陸子衿雖覺陌生，卻也格外欣喜安慰。

「起先掛心，如今好了。」他本想將此事全盤托出，說到一半卻改了主意，只因這事兒註定要無結無果，既是如此又何必再提？徒增煩惱罷了，便改口要帶陸青去做衣裳。

「衣裳？師兄，這又不是逢年過節。」

「過年那時你我都有傷在身，哪來時間與辦法置辦？」他道前幾日收拾衣裳才留意到師弟的衣裳東破西殘，竟無一件完好，實在慚愧，便拉著陸青離開茶樓採買新衣。

「肚子餓了？」

他聽見一聲響亮的「咕嚕」從陸青的方向傳來，遂笑著問道。

他倆的衣裳打小便在春娘那兒置辦，多年下來感情自然深厚，東塞一件西扔一套，直嚷著他倆身上的衣裳都是數年前的料子，早該扔了，見他們推拒還板起臉孔佯裝生氣，逼得他們只能接受。

「餓壞了，師兄……」陸青不厭惡春娘，可站著讓人擺弄數個時辰實在難受，他面露委屈，直道肩疼腰疼。

「回去給你下麵吃。」

「能加顆雞蛋嗎？我想吃蛋。」

「就想著雞蛋，難怪後院的母雞見你要啄，盡打她孩子的主意。」

陸青不服，道自個兒已許久沒吃雞蛋了，也就前陣子喝過雞湯，如今想雞蛋想得緊，越想越餓，遂一把抓住陸子衿的手就要施展輕功奔回家，火急火燎的姿態讓年長的一方嘆氣連連，才剛想這孩子總算成熟不少，如今卻因著一顆雞蛋而幼稚如斯，實在──

「青！」

陸子衿猛地大吼。

天色已黑，街上燈光稀疏，他又天性機敏，暗處閃爍的刀刃自是清晰無比。

陸青聽這聲叫喚又急又慌，旋即放下手上的布包並往後倒，此招是陸子衿教授的，在敵人行蹤未明之時切莫往前，只因對手的兵器多半會往前瞄準卻鮮少往後進攻。

刷！一柄小刀射出，與陸青的鼻尖只差一根棉線的距離。

少年的身軀往後倒下，卻並未落地，陸子衿俐落地伸腳一抬，藉著力量把陸青踢回站姿，兄弟兩人迅速往暗處瞅，就見得一名渾身黑衣黑褲，臉上亦罩著黑布的男人從暗處閃出，腳下步伐迅如閃電，難以瞧清，一雙銳眼利如刀鋒，無法直視。

那人不給兩人機會，猛地一蹬就往兩人眼前而來，掌中握著兩柄彎刀如新月，咻——的一聲，若非陸青夠機警，早一步推開師兄，想必兩人都要掛彩。

「反應不錯。」

那人未得手也不惱，好整以暇地站在兩人之間朝他們笑，本就奸詐的雙眼藉著此一舉動更顯陰險，掌中彎刀足以劃破空氣，那點點晶亮如今細瞧竟是鑲嵌在刀刃邊上的尖刺，只因細緻無比，一時無法察覺，可一旦讓刀刃撫過便是皮開肉綻，鮮血直流，乃至白骨裸露。

「這位兄弟來自西域國度嗎？」陸子衿一眼認出那柄彎刀非國內之物，若非襯手而刻意取得，便是自小撫觸無比熟悉。

那人輕蔑一笑，並不回答。

「我與師弟從未與人結仇，小兄弟莫非是尋錯了仇人？」

「十八年前的血案真相，勸你們別再往下追查。」那人終於開口，因蒙著布，聲音低啞模糊，難以識別，加以用詞又無特殊之處，真實身分仍是一團迷霧。

陸青聞言先是一愣，下意識往師兄處瞧，卻見對方眉間緊皺，不像對這話毫無念頭的樣子，不禁心下一沉，雖不到達讓人欺騙這般高度，卻也備感哀傷，到底自己還是讓師兄瞞在鼓裡之輩。

「青青。」陸子衿瞧出師弟眼裡的挫折，忙出聲讓他穩定心神，如今共有外敵，若心緒不寧只會自尋死路。

陸青聰慧，隨即回神，不再為此所困。

「你在段家外茶樓一連埋伏數日，我家主人都看在眼裡，要我來轉告你，當年血案他漏了兩個，本想已過去十八年，不趕盡殺絕，可若你不識好歹，執意追查，便是負了我主人的好心。」

「你家主人是誰？」陸子衿料想不到那凶手竟如此張狂，還讓人前來警告，簡直不把他們兩人放在眼裡。

「不重要，我家主人說了，你們不配知道他的名字。」

陸子衿發現隨著黑衣人吐露越多，也越能感覺到他或許另有身分，千嬌百媚的姿態越發顯眼，有股似有若無的幽香竄進鼻間，此香悠長，沁入心脾，與他此時殺戮之姿相距甚遠。

「莫不是你家主人根本是子虛烏有，才說不出口吧！」

此番質問並未讓黑衣人困窘，他反而抛以一抹恥笑的眼神看向陸青，若說誰能以眼神迫人，此人定是當中佼者。

「方才的話，我能視為挑釁。」他道，「可惜我的主人不准我下殺手，可若你倆執意往下追查，我就會先去挑了所有跟陸雲有關係的人等的家族上下，數量不少，可並非辦不到。」

陸青正欲譏諷，卻見眼前銀光閃過，那人竟神鬼不覺地搶到陸青面前以彎刀抵著他的頸際！

「青青！」

陸子衿未料有這招，卻受制於陸青安危而無法動作，擔憂之情溢於言表。

「這算是一個小警告。」那人說完便開始滑動彎刀，在頸子道肩膀之處留下一道紅痕，刀刃極利，起先只是紅腫，隨後便血液直流，布衣迅速染紅，怵目驚心。

陸青正欲動手，黑衣人卻早已結束他所說的「警告」並提前一步往後退開。此一舉動宛如號角，讓陸子衿再也受不了地衝上前朝他使出一記頸劈！

彎刀在空中滑過，是一條流暢的弧線，血液因而噴濺在陸子衿的頰上，陸青忍著疼痛朝黑衣人方向一連數次猛踢，每一次都落在同樣位置上，最能讓人痛不欲生，他掛心師兄，自是不會留情。

「呃！」黑衣人大吼一聲，像是早料到他們會有這番舉動。

陸青的腿技實在厲害，他早有防備也中了數腳，傷處隱隱作疼；陸子衿的出其不意也格外出色，乍看是要劈他頸際，卻在中途拐彎往胸口而去，上下同時受擊，除了真痛外也後悔自己輕敵，方才見是兩個年紀不過二十多的少年便道不足為懼，壓根兒忘了主人的吩咐。

因著有要務在身，也不被允許痛下殺手，黑衣人索性以彎刀將兩人的拳腳架開，趁著一秒不到的空隙脫身跳上屋頂揚長而去，夜色中只聽得見他遠去的腳步聲，「別再往下追查」的警告言猶在耳，讓陸子衿備感不安。

陸青見狀便要縱身去追，正欲施展輕功追上卻覺衣角傳來異樣，低頭才見是師兄攔了他。

「別追了，追不上的。」他道。

「為什麼？」陸青可不服，換做是誰在路上走著突遇蒙面人警告不許再往下追查，否則便要殺之滅口，還讓彎刀畫了道傷口都要震怒。

「他受命而來，且從未說出背後之人的身分，甚至並未與我們動手。」陸子衿從未動念過追逐之意，除了陸青負傷外也對那人的身分、來歷一概不知，至多知曉他身後之人與滅門血案息息相關。

「可是！」

「追不上的。」陸子衿道他的輕功可謂詭異，從他能迅速移動到陸青面前劃他一刀那時便十分清楚了，他讓陸青打消念頭後便讓他靠著牆站好，此處並非大街，是以方才的情狀並未引起騷動，實在是萬幸。

因並無隨身攜帶能治傷之藥膏，只能先扯下衣襬往陸青的傷處綁，務求先將血止住便好，再將落在道旁的衣裳撿回來，陸青想拿卻被瞪了回去，此時卻想起師兄有事瞞著自己隻字未提，又是一陣不悅。

「先回家吧，回家後再說。」陸子衿哪會察覺不出師弟的不滿？只是他也料不到會有此一意外，本欲放下的復仇念想因著此事再度燃燒。

*

黑衣人摀著讓陸青踢中的地方，先是左顧右盼，確認那兩人並未追上來後才閃進一間小屋中，那小屋搭建在道旁，四周雜草濃密且極高，能很好地遮蔽蹤影。

「主人。」他啞著嗓子喊道。

木屋之中赫然坐著方應歸，方酌則一如既往在一旁伺候，見黑衣人摀著肚子便詢問是否受傷了。

「不礙事，給踢了幾腳。」黑衣人苦笑道。

「你都能讓踢，呵。」方應歸冷笑，他早知道那對師兄弟武功不低，更棘手的是陸子衿心思細膩活絡至極，即便手下眾多，千挑萬選後也只有獲得方家輕功真傳的他能勝任。

「那兩人當中一人腿技了得，我躲不過，只能硬捱。」他道。

「有確實把我的話告訴了嗎？」方應歸不喜廢話，單刀直入地問道。

「有。」黑衣人把方應歸的交代奉為聖旨，自是不敢怠慢，為免他疑慮，還將狀況從頭到尾如實訴出。

「很好，你辛苦了。」他從懷中掏出一只沉甸甸的袋子扔給黑衣人，「讓方酌替你看看傷口。」

黑衣人連連道謝，方酌則簡單替他看過後稱傷口並不嚴重，給了他一瓶傷藥叮囑一日更換三回與補充營養後便回到方應歸身邊，滿臉不解，只道師父是多此一舉，怎地給了線索又令人去截呢？

「平時說你笨，如今倒真傻了？」

方酌一臉無辜，不明怎地問個問題又讓罵傻，可這字眼聽了數年竟也無感，也明白師父就是罵著舒爽，笑個兩聲擺出受教的樣子便好。

此舉果然奏效，罵傻的一方拿起茶杯喝下兩口才再度開口。

「陸青不論，那陸子衿並不信任我。」他道自己遞寫有線索的字條時對方的手有片刻遲疑，那時便明白不能全仰賴那條線索。

方應歸又道，此一舉動乃是下下之策，那段湘香若不在城中，他兩人都非江湖中人，也無人能替他們牽線，這條線索自然要斷，他哪能容許自己的苦心全部白費？自然得想其他法子。

「師父自個兒出馬不就成了？」方酉依舊不解，特意找人前去挑釁反而費盡不是？

「傻！」這回不只罵，還一掌往徒弟的額頭上拍，邊罵一句「蠢才」！

「當初怎不叫你方傻，人如其名！」他罵完又捏起桌上的糖糕吃，甜膩的口味極好地安撫了情緒，不嫌麻煩特地帶著糕點前來的人不禁鬆口氣，幸虧派上用場。

「所有情報都由我這兒出去，陸子衿該怎麼想？肯定不信！」

「如此一來非但沒有意義，還會失去這難能可貴的機會，可如若是由他人傳達呢？那只會被當成是真正的血案凶手感到危急而出手，只會讓陸子衿更堅定要復仇，他反而會堅持著查下去。」

「陸子衿？」方酉皺眉，實在想像不到更堅定復仇的一方竟是看上去泰然的那個人。

「意外嗎？」方應歸的笑聲特別愉悅，「陸子衿才是難纏的那個人，陸青還相對好應付，單純，他師兄可就城府深了，要報仇的信念也多半是維繫在大的那個身上。」

方應歸道如今餌已灑下，便等著大魚上鉤，說罷便把最後一塊糖糕放進口中，雪白的糖粉自是抹在方酌袖口上，那杯早已涼透的茶不合味口，扔棄便是，左右是便宜茶葉，不肉痛亦不心疼。

「師父，接下來咱們上哪？」方酌邊收拾邊問道。

「那對師兄弟上哪，咱們就上哪。」

他轉頭瞅見方酌眼中的疑惑，這才思及並未向徒弟提及此事的前後因果，不禁苦笑，心道這徒弟也是個實誠的，一無所知卻也跟著東奔西跑，對他的命令從不懷疑，若不是傻，便是別有用心了。

「待這事結束，我再同你說……一個故事。」

「是，師父……」方酌自是察覺對方的異樣，可他並未點破，而是就著以往的習慣收習好細軟便走到師父身邊，靜待他的下一個吩咐。

第六章

一路上陸子衿都是沉默的。

他們倆回到家後仍是無語，不似尋常那般親暱。陸子衿知道陸青是真的動怒了，可到底是自己欺瞞在先，因此他一句話也不敢說，只在陸青取出繃帶要包紮時主動接過並道「我來」。

那彎刀是磨利過的，即使輕輕劃過也後果嚴重，更何況是蓄意為之？

以沾水的巾帕抹去血痕，傷口邊緣禁不起扯，便只能輕撫而過，待轉身拾起瓷瓶要上藥時卻發覺所剩無幾，正思索著要再去找許大夫買些，沒留意陸青悄悄靠近的意圖，待察覺到時，陸青的手已然搭上他的後腰並摟得緊緊的，硬是不讓他有逃跑的機會。

「……師兄為什麼瞞著我？」

陸子衿又怎麼能說？他隱瞞得如此辛苦，便是怕陸青也攪和進這事裡更添慌亂，可如今看他受傷卻又心疼內疚，心知若非蓄意隱瞞，也不會讓陸青在今日與自己同被埋伏。

「……師兄先替你把傷口上藥，再談好嗎？」

陸青抿脣不語，並未拒絕師兄替自己抹藥，傷口事小，他是明白陸子衿沒確定他安然無虞前必定牽掛，思及背後的溫情便不繼續固執了。

包紮好傷口，年長的一方先是捧起陸青的臉頰，那雙眸子裡閃爍著光，他以拇指逝去後，年幼的一方發出不平之鳴，埋怨對方竟將他當外人，這等大事卻瞞著他，除了委屈之外還是委屈。

「怎會把你當外人？」陸子衿親吻他的額頭、臉頰，像親孩子那般溫柔寵溺。

「那師兄便與我相告，那人說的是什麼？還說再繼續查下去的話我爹曾經的友人都要遭殃，莫非是有殺害我爹凶手的線索了？」

「唉……正是如此，且給我消息之人千叮萬囑，讓我保守祕密，師兄是怕你也捲進來，恐有殺身之禍。」

「那更該說！」他聽見那四個字時簡直要抓狂！

陸青直言這已無關說與不說，而是他們倆本就是兄弟，雖無血緣，親情卻斬不斷，真正有心要連誅之人才不會管誰知曉多少，是以更該讓他知曉全貌，屆時也不至於栽得不明不白。

陸子衿聽著也道有理，不禁暗暗悔恨自己又被那個男人的話耍得團團轉，反而忽略了這一層無法切斷的血緣情感，內疚與難受緊抓住他的心臟不放，同時也意識到陸青已經不再是那個需要他事事照拂的孩子，而是一個成熟的大人了。

「青青長大了，變得懂事、理智了，如今反而是師兄腦袋不清。」他自嘲笑道。

陸青哪捨得他這般自輕自賤，一連喊了好幾聲「才不是」，又道：「我知師兄是怕我遇險，可我更怕師兄出事，方才見他朝我而來，其實我是安心的，因我知道師兄不會為他所害……」

陸子衿瞧陸青這般熱切，一股熱流從心底蔓延，逐漸擴展到四肢，雙頰隨之發燙，不必碰觸便可知。他光是思及有個人不把自己的性命看在眼裡而優先顧及他的安危，這般付出怎能不讓他感動？加以……那人是註定要廝守一生之人，該是多麼幸福的一件事？陸子衿不知他人如何，只知自己險些落淚。

「師兄知道。」陸子衿擤鼻，鼻尖微紅，「經此一事，師兄決定這事兒得繼續查下去，怎能讓那賊人逍遙法外？他能威脅我們一回，便能有第二回、第三回，我怎能容忍他這般！」

陸子衿想起那語帶威脅的黑衣人便無法冷靜，光是他背後隱藏的強大惡意與張揚便讓人厭惡，要他別往下追查是嗎？那就代表他們已經慢慢接近真相了，否則何以如此緊張要派人前來警告？

陸青不曾見過陸子衿如此張狂的一面，竟不知如何反應才好，思量半晌後吶吶地問道：「師兄打算如何？又打算瞞著我自個兒蠻幹嗎？」

尚沉溺在情緒中的人猛地回神，自知失態，慚愧之餘卻也明白自己這陣子反常的行為與欺瞞都讓陸青受傷至極，不禁伸手抱住師弟，耳鬢廝磨，肌膚相觸，陸青的身體有多緊繃自是不必言語也能感受。

「不會瞞著你，這回我們一起。」陸子衿輕聲說道，「我記得師父生前有幾位交好的叔伯姨嬸，每逢過年都要來拜訪住上幾日，你有印象嗎？」

陸青點頭又搖頭，道那時他不過兩歲，只記得有，卻憶不起有誰。

「不打緊，我記得。」陸子衿道那時叔嬸都極力邀他回家住上幾日，讓從未出過遠門的他相當心動，陸雲並未反對，卻道稚子年幼，事事都要師兄陪著，頓時離了恐要鬧彆扭，便擱置此事了。

「我想那人刻意提起師父身邊之人，定有蹊蹺，祖師爺早已仙故，師父也無手足，思來想去便只有故友尚存，咱們順著這條線索往下追查，定會抓出與段湘香有關聯的線索。」

陸青問這段湘香又是何許人？陸子衿適才想起尚未與他說明方應歸師徒給予線索一事，此時天色已晚，他便讓師弟倚靠在床杆上，櫥櫃裡還有些吃食，陸青不免覺得師兄像是為了彌補才打破不許在床上進食的規矩。

「先吃點墊胃，明日我去買幾條鮮魚回來燉湯給你喝，傷口好得快。」

那幾顆糖葫蘆清甜爽口，陸青吃完便不餓了，陸子衿則把前後盡數告知，從收到那封夾在門邊的信、到他讓自己去查段湘香都毫不隱瞞。

陸青有些訝異，這些事分明都發生在身邊他卻渾然不知，暗罵自己怎就這麼蠢，不料他緊咬下唇皺眉的姿態與吃痛皺眉的時候有七成八相似，面對突然逼進眼前的臉孔，緩步濃郁的香氣與緊張的關懷言語，他竟早忘了置氣，卻想起那一夜的煽情之景。

「師兄，我傷口不疼，可你再這般靠近……我怕我會把持不住……」

沒料到這是這番回應，聽者先是一愣，並下意識往陸青的胯下瞧，此番舉動毫不遮掩，讓方才還有些緊張的氣氛頓時煙消雲散，口中糖葫蘆的清甜變得黏稠，兩人不約而同想到那晚的親暱舉動，頓時兩人都紅了臉頰，喉嚨乾渴，乃至心跳加速，呼吸紊亂。

陸子衿是首先回過神來的那方。

「青青……」他湊到陸青耳邊低語，耳鬢廝磨之下的話語格外煽情，「先前的事……你排斥嗎？」

陸青立刻搖頭，就差沒有開口發誓絕無厭惡否則要遭天打雷劈。

見他這般表現，開口的一方反而拘謹了。

兩人互視而笑，俱在彼此眼中瞧見羞赧與情慾混雜在一塊兒的結晶，誤會談開後的情緒總是特別炙熱，最後是陸子衿先捧著陸青的臉頰親吻，僅是雙唇輕觸便引發陣陣顫慄。用陸青的話說，這與他第一次掌握內力遊走全身之時的感受相差無幾。

「師兄、師兄……」

先前在故居裡的耳鬢廝磨與肌膚之親，與如今眼前一景便像是珊瑚與琉璃，不分軒輊，亦同樣彌足珍貴。

尋常的單薄布料覆蓋於白皙肌膚之上難以細辨，淡粉紅肌膚上像灑了一層砂糖般可口，陸青光瞧著便口乾舌燥，他嗜甜，更何況是這般珍饈。

光潔且赤裸的身體只讓一件薄布罩著，這幅光景與之前的相比更加柔媚、撩人，儘管陸青無法判斷他對哪個更有反應。

「師兄，別遮……」

握住陸子衿的手掌緩緩往兩邊拉開，不這般的話哪看得到更多？陸子衿在這事上仍純潔的像個處子，但落在陸青眼中就像情人眼中的西施，無論如何都美得不可方物。

「嗚哼……」

陸青老早就想這般了。

那日顧及外人，做這等事都下意識地遮遮掩掩，覺得爽快亦只是小小聲嚷過便是，更遑論好好凝視，如今他實在覺得後悔，這般美麗且動人的軀體就該在初見時深深刻進腦海裡，思及那些錯過，陸青後悔得緊。

內襯的長度足以蓋住腳踝，布料卻極少，無法完全遮掩，蓋了半邊、另一半便要見客，陸青像在賞玩某樣寶物般以極端執拗且瘋狂的神色鑽進他的雙腿之間，毫無遮蔽的私處早已一片淫漉，布料一塊深、一塊淺的黏在大腿內側，被粗糙的拇指滑過時麻癢不已，雙腿卻被扣住了壓根兒退無可退。

「師兄，不能忍，你答應我的。」

埋在他雙腿中的人像是打定主意要把他的每一瞬反應皆深刻描繪下來般專注且仔細，舔拭鼠蹊、撫摸陽柱，間或含著前端、吐氣後一鼓作氣吞到根部時，視線都不曾從他臉上移開，陸子衿只覺腦袋暈呼呼的，壓根兒無法思考。

許是連日以來的繁忙以致交流甚少、因著關切而生的怒意與方才盡數說開使然，無論是多細微的動作都能放大至一套武功絕活那般遊走奇經八脈，以舌尖舔過肌膚時的觸感則像極了他教授陸青該如何運氣、如何感受內力遊走四肢時產生的撫觸，似有若無，撩撥至極，加以吐息灼熱又淫，只讓身體更敏感。

「青青，別老是逗著別處……」

最需要且最渴望之處遲遲等不到撫慰，失落之情越發強烈，情慾與之纏繞，與先前可謂極端。

「師兄忍不住了嗎？」陸青極度陶醉地扶著陽根磨蹭，不時舔弄，無法預料何時會來的愉悅反讓身心皆萬分期待，像個孩子盼著過年吃糖，卻在臘月之際就獲得一般喜出望外，糖的芬芳與甜膩自然刻骨銘心。

「忍不了，你一直舔啊弄的，怎麼忍……」

陸子衿扣著對方的下頷讓他起身，白色的布透著丁點粉紅，思及那一晚的動靜與如今狀況，他在心底有了主意。

「青青，你躺下。」

「師兄？」陸青一心想著要讓師兄愉悅，自然對此一命令備感疑惑。

「聽話。」

陸子衿堅持起來也拗得像頭牛，陸青只得乖乖躺下，卻不想陸子衿隨後趴上他的腿間，俐落解開他的褲頭帶、掏出陽根張嘴含住，愉悅感就像閃電一般往陸青的腦殼上劈，打得他轟隆作響，話都說不好。

「師兄、你別這樣，嗚！」

「青青乖……」

陸子衿睨他一眼，不敢讓他知道方才自己的腿間被啣著親吻舔弄的畫面太過香豔火辣，身子早已無法忍受，加以稍早又被逗弄未得滿足，遂主動含住能帶來快感的陽物吞吐，好減緩自己身體裡的躁熱與難耐，另一理由則是陸青帶傷，任由他主導就怕一時忘形又撕裂傷口滲血，還是自個兒來妥當，而這考量自然是不能讓對方知曉的。

陸青聞言竟真的不敢再動，一者是他向來聽師兄的，另一者則是……這番光景實在誘人。

他維持著平躺的姿勢，讓陸子衿伏在腿間服侍，被情慾與快感染色的臉龐格外好看，陸青迫不及待地想看見更多，幾縷髮絲被汗水浸溼黏在頰邊，若隱若現的美在此舉之中展露無遺。

陸子衿的經驗並非豐富，只能循著記憶邊撫邊親，毫無技巧卻十足撩人，陸青再度開始掙扎，嚷著「想看師兄看得更仔細些」，陸子衿怕躁，陸青卻格外執拗，死撐著身體坐起，陸子衿見他如此便也順著他。

「師兄，親前頭，含著用力點吸……」

陸子衿鮮少聽他如此難耐，眼神上瞟，就見陸青的五官都扭曲著，強烈的喜悅透過身體傳達，他們倆均因彼此而興奮不已。

前端泌出津液，陸子衿沒放過統統舔了吞下，極端貪婪的姿態透著異樣的性感。平日的陸子衿總是溫和恭謙的，哪時曾與貪婪沾上邊？

「親這兒嗎？嗯……嗚……都硬起來了……」

身心都尚且記得，情慾的流竄無人能掌握動向，他邊舔邊扭臀，逐漸讓酥麻且搔癢的感覺支配。陸青不必問，光看陸子衿的姿態與表情便明白。手沿著肩胛、腰側直至後穴，那裡緊得出奇，陸青探弄幾回只覺難以潛入，正苦惱著，就聽見陸子衿壓低著嗓音、把手往後穴裡探，放鬆穴口的企圖與冶豔的臉龐都讓陸青倒抽口氣。

「師兄……」陸青啞著嗓子喊，捨不得他如此辛苦，便也伸手幫著擴張。

陸子衿輕輕哼了幾聲，在對方的堅持下抽出手指並靠在他的身上喘氣。

「青青，取我兜裡的……胭脂盒……」

那只盒子裡的膏狀物若真如紙上所說，理應能在此時派上用場，就不知效用如何了。

陸青詢問這是什麼，得到「方應歸給的，說是能讓彼此不會那麼疼痛」的答案後低吟幾聲，因知曉師兄對方應歸並無好感，可最後仍拗不過情慾而伸手沾染後探進穴裡。起先只是一截手指，接著兩截、三截，陸子衿的嬌喘隨著指節增加而越發愉悅，後穴因愛撫而緩緩鬆開，待變得又溼又軟時抽出手指，還牽了一條銀絲黏在臀上閃閃發亮。

「青青，扶著我。」陸子衿說完，掰開後穴朝著陽具緩緩坐下。

陸青何曾瞧過如此撩人性慾的場景，眼神絲毫不敢移開，自是將那五道因用力過度而浮現在白皙嫩肉上的紅痕盡收眼底，不禁腦袋暈乎，口乾舌燥。

「哈啊、好深、嗚！」

這個姿勢能讓陽物捅到極深之處，激起的快感宛如浪潮一波波湧上，陸子衿甚至不覺得疼，倒是深覺不足，小腿在被褥上尋著支點後便搭著陸青的肩膀，一上一下緩緩活動。

小巧雙臀間的幽色深穴倒是個有潛力的，拚了命吞吐，分明已被塞滿卻仍貪婪地咬著陸青的陽具不放，像是要把裡頭的精液盡數絞出來般凶猛。

「師兄、師兄怎這麼……啊、哈……」這般情狀是陸青始料未及的，比起被動撩人且性感的陸子衿，主動又是另一番風情，他幾乎要克制不住跟著動腰往上頂，心裡卻明白這時候忤逆無疑是愚蠢至極，只得壓下衝動。

「青青、青青喜歡嗎？」陸子衿害臊極了，這般蕩婦的行徑縱使愉悅，卻過不去心底的檻，心想著陸青喜歡要緊，遂動得更厲害，水聲不絕於耳，更顯淫靡。

「師兄這般，青青自然喜歡，但、太刺激了……」

世上再沒有比心愛之人強忍慾望只為不弄疼你，抑或不讓你傷心動怒更讓人感動之事了。

陸子衿以雙手搭著陸青的肩，緩緩向前倚並緊緊摟住陸青，附在他耳邊低喃：「舒坦便好，幫著我點，摸摸……」

這般甜膩的要求又有誰捨得拒絕？

陸青低噱一聲，握著陸子衿的陽具上下套弄，又硬又挺的陽具被津液沾得又黏又滑。

「哈啊、舒服，青青……好燙好癢……」

羞恥逐漸被慾望驅逐，陸子衿漸漸不再顧慮，如他此時的姿態更加「赤裸坦承」，渾身透著誘人的粉，薄汗像是會發光般閃爍微光，一聲比一聲拔高妖嬈的呻吟竟堪比春藥，臀間被撞得滿是紅痕，後穴禁不起抽插早已紅腫不堪。

「師兄，啊……」

陸青在擺盪間尋著他的雙脣後迅速蓋上，舌頭彼此交纏、舔弄，緊咬陽根的後穴抽搐得更劇烈，他沒忍住，低吼一聲便射在他的體內。幾乎同時，陸子衿也在手掌愛撫下射精，射得腹間滿是乳白津液。

高潮過後，陸子衿慢慢癱軟下來，像隻酣睡的貓縮在陸青懷中，接合之處抽搐漸緩，依稀可見少許白濁緩緩流出，沾溼了被褥。

「舒服嗎？會不會坐疼你？」他悄聲問道。

陸青撒嬌著說不疼後把他摟在懷裡，並拉起被子將兩人裹緊，身體暖心裡熱，兩人皆無比滿足地輕哼，無人主動提分開，便維持著這個姿勢依偎，倒也舒服。

「師兄以後可不許再瞞著我了。」陸青替他攏好溼髮，雙頰潮紅的臉孔極惹人憐，他暗暗發誓這般姿態定不能讓任何人瞧見。

陸子衿嗚哼數聲，良久後才說「不會了」，原先這事也是怕陸青危險才壓著不說，可如今狀況有變，再瞞下去也沒有意義。

他蜷縮在陸青懷裡抬臉，瞧見那張早已成熟且堅毅的臉龐，再一次體悟他已是個成年男人了，不再是會縮在自己身後嚷著怕的孩子，感傷之餘亦有著甜蜜，往後漫長人生自己不再獨行，陸青會伴著他，直至白首。

「約好了。」陸青低下臉親吻他的髮，「不管發生何事，我定會保護師兄，師兄別想撇下我，你到哪，我便跟到哪。」

那是一雙多震懾人心的眼呀！

陸子衿淺笑一聲，伸手攬著他又是一記綿長的深吻，情感與眼神中蘊藏可意會不可言傳之物。

這一晚，他們倆纏綿了數次，也說了許多許多話，不似訣別，倒像是堅定要執子之手與子偕老那般，連清晨的露珠都像帶著蜜般的甜。

第七章

兩人不敢怠慢，次日清晨便收拾細軟輕裝上路，走時還能看見遠處旭日正緩緩升起，微風輕撫，沁涼心脾。

陸子衿最先找的是張姨，因住得近，只消半天路程便到。

張姨是陸雲的師姊，雖不同師父，但到底是在同一門裡，對這兩個後生小輩格外照拂，甚至熱情地挽留在府裡住上一晚，陸子衿欲打探消息而沒有拒絕，可張姨對陸雲學成離開師門後的狀況所知甚少，自然不知有誰曾與他交好。

「抱歉，阿姨幫不上忙。」

面對歉疚的張姨，陸子衿直說不要緊，卻遮掩不住眼底的失望。

「不要緊，師兄。」陸青倒看得開，說這才第一個，「方才席間師兄幾乎沒吃，是菜色不合胃口嗎？」

陸子衿搖頭，說張姨張羅的菜餚確實稀罕，光聞味道便知是上品，可他一心想著探聽，醉翁之意不在酒，吃進嘴裡的不比說出口的多。

「師兄這般可不好，若一直打探不出消息，師兄便不吃東西了？」陸青怪責道，接著從兜裡拿出半個用布包起的饅頭，說是早上吃剩的，還打算撕成一塊塊餵他。

「我自己能吃。」在他人地盤上也不知收斂，萬一這般親暱讓人瞧了去可怎麼好？便接過饅頭嚙咬。

陸青見目的已達到，也不堅持，靜靜等待他將半顆饅頭統統下肚，這才露出滿意的笑容瞅他。

「好好吃、好好睡，師兄不常這樣對我說嗎？自己也要做到才是。」

「青青長大了，開始會教訓師兄了，呵呵。」

在外的第一個晚上便是這般平淡度過，兩人只在睡前親了彼此的額頭與臉頰，其餘的一概被陸子衿擋回去，最終還下了通牒，直說陸青再這般無賴便出房去睡，這才讓他邊嘟囔著「小氣」並安分下來。

「明日便啟程吧。」

「好。下一站師兄打算去哪兒？」

陸子衿說照遠近來排，接下來是陸雲年輕時候的玩伴許伯伯許清彪。他因著是孤兒，曾在陸雲師父的房裡住上一陣子，直至替他覓得更好的出處。可即便緣分斬斷，也不代表就此別離，長大後的兩人再度聚首，感情還比以前更好。

「青青或許不知道，師父曾帶我去那位許伯伯的婚禮。」陸子衿記得清楚是因著那時候陸青已經開始會向他討要奇巧之物，每回他出門回來後總被纏著討要，他因此養成到外頭便要想法子變出能讓師弟喜歡的東西帶回，那一次自然不例外。

「是嗎？」

「你忘了？那回我帶的是七彩糖球，那糖球還裹了層厚厚的糖霜，你直說好吃，餘下三個便說捨不得吃了，最後——」

「最後怎麼了？」

陸青的記憶隨之復甦，且逐漸清晰。年幼時總是如此，會停留在記憶中的往往只是細節。比如他就記得那時師兄穿的是一襲深藍的袍子，能將色彩鮮豔的糖球襯出光采；還有那時是晚膳前，因陸雲接著就把糖球收了起來，直說現在吃、晚些便要吃不下飯，樁樁件件都纏繞著陸子衿轉。

「你某次走著滑跤，那三顆糖球滾進了泥裡，你捧著要洗，卻連糖霜也洗掉了，一面哭一面吃，我不忍心，後來每回上街都替你買糖球。」

「原來是這般，難怪有陣子我總有吃不完的糖球……」陸青笑著往他懷裡蹭，直說那陣子天天吃，都要把牙齒吃壞了。

「讓我瞧瞧……牙滿好的呀。」

「自然好，那糖球可是師兄的惦記，吃不壞牙的。」還說早知道便不把糖球都吃掉了。

「那得生多少螞蟻？」陸子衿失笑，說時辰晚了，姑且不論明日目的，在他人宅邸裡也不好睡到日上三竿，還是趕緊睡，隨後隔著尚搭在脣上的指頭送去一吻。

如此出人意料的示愛讓陸青隔了好一會兒才滿臉通紅，還纏著師兄說要再一次，方才沒準備好，啥都沒嘗到！

「睡吧，傻青青。」難得主動一回的人笑道。

＊

清明前的天氣偏冷，詭譎多變更是常態，兩人一路上東看西瞧而耽誤了時辰，斗大的雨滴來勢洶洶，待到目的地時特別狼狽，衣裳全溼不說，陸子衿身子底本就虛，被這樣一淋甚至在瑟瑟發抖。

許清彪相當意外他們倆會來訪，隨後表示歡迎。當他們借用熱水把一身寒氣洗去，還捧著許夫人親自熬煮的薑茶取暖時，許清彪才說過兩天家裡要辦喜事，兒子要娶媳婦，他們來正好添添喜氣。

「恭喜令公子！」陸子衿沒料到如此巧合，除了賀喜也推拖因著先前不知這事，因此什麼賀禮都沒有準備，實在不適合入席。

「噯，說起來你也算是我世姪，你師父同我又是一條褲子的交情，論情論理都合適。」許清彪也道當年接到消息時已過了近半年，甭說奔喪，更因著無法施以援手而自責不已，甚至連師兄弟倆上哪了都不知道，如今相見只恨不得加倍補償。

「許伯伯客氣了，我們師兄弟倆過得極好。」陸子衿細細推敲，那時他與師弟早已在九老闆那裡定下了，許清彪自然是找不著他們倆的。

「甭說了，就當是我的一點心意，留下來讓我招待！就當是給我兒子賀喜，好不？」

陸子衿左右說不過他，便答應下來了。許清彪又是個好客的，差人上街去採買，也因此晚餐桌上豐盛異常，雞鴨魚肉一併俱全，當季盛產的青菜、尋常人家難以吃到的珍饈更是讓陸青大開眼界，直呼好吃。

「好吃便多吃些。唉唷，你跟雲哥還真像，一個模子印出來的。」

陸青一聽便傻乎乎地笑，連肉汁流下嘴角亦沒察覺，就聽身旁人一聲輕斥「難看」，接著讓他把臉扭過來，巾帕一拾、一抹，免去衣領被肉汁玷汙的命運。

「呵呵，瞧你們這般，倒讓我想起你們師父年輕時候也是這般要人照顧，他又長得俊，為他傾倒瘋狂的可多了，只可惜殷勤如段姊仍無法讓你師父動心。」

許清彪的話讓陸子衿一個激靈，竟忘了要把弄髒的巾帕妥善摺好。

「許伯伯，你說的段姊……」

「嗯？怎麼，你們不知道雲哥當年有多受歡迎嗎？告訴你們，傾心於他的姑娘只怕隨手撈都一把！」許清彪見兩人茫然，便笑著道陸雲定是怕拂了他在孩子們心中的好名聲，才對這段絕口不提。

「許伯伯，你能多說些嗎？」陸子衿索性順著他的話往下，「我們倆對師父年輕時候一無所知，我尚好，到底跟著師父五、六年，可我師弟兩歲便失了父母，你便當作做好事，說給我師弟聽好不？」

許清彪見陸青滿臉期待，已許多年不曾有後生晚輩纏著要他說故事了，陸青也纏著他直嚷想聽，竟把許清彪骨子裡的喜鬧性子喚醒，輕咳一聲並用無可奈何的表情瞪向兩人。「拿你們沒轍。那啥，我跟你們師父是多年的老交情了，我都喊他雲哥。」

這些事陸子衿都跟陸青提過，可他仍做出一副興致十足的樣子，這般給足面子的行徑許清彪很受用，話匣子一開就再也關不上，年幼時的事自不必多說，在他們倆的好奇心被吊到喉嚨上的當口，故事裡的人也總算長大了。

許清彪說他還記得那時是盛夏時分，是個人都受不了在烈日下站上一刻鐘，他卻得爬上屋頂修繕，遠遠見到有人影朝這裡奔來還沒反應過來，直到有人來到他面前一拍他的肩膀、喊他一聲「好兄弟」，才回過神來那竟是陸雲！

「你們師父那時正在遊歷，我記得與他一塊兒的是兩個姑娘，一個就是段姊，可豪爽了，不許我們喊她名字，有次我不聽偏喊，段姊便直接操著小刀殺來了，要不是我躲得快，怕是就少了一隻耳朵了！」

「這麼悍？」

「是啊！」許清彪如今回想仍是後怕，連私底下喊也只敢喊「姊」。他又道：「另一個姑娘就溫婉多了。說來害臊，當年我還賴著雲哥替我跟那位姑娘牽線呢！想當然人家看不上我這般，說文肚裡沒墨水、要武又打不過別人。雲哥可厲害，什麼都會，難怪姑娘喜歡他。」

許清彪的話讓陸子衿上了心。

「許伯伯，能說得更詳細些嗎？那兩位姑娘與我師父一起遊歷多久了？另一位較溫婉的姑娘是我的師母嗎？還有……」

他問得太急，許清彪一下子反應不來，倒是陸青拿起桌上的葡萄就往他嘴邊湊還道別急。

「遊歷多久……這我倒不清楚，雲哥說有一陣子了，那時候你們師母還不認識雲哥呢，否則哪能與他締結良緣呢？怕是早讓段姊逼退到幾十條街外了！」

「天啊，可真恐怖。」陸青嚇了一跳，看來外頭傳聞的剽悍可真不是以訛傳訛而已。

許清彪話鋒一轉，卻說也只有段姊能這般，其他姑娘家至多落個蠻橫任性之名，可段姊即便如此也風情萬種，是個男人都不介意她這般含酸拈醋的樣子。陸子衿心想這個男人應曾喜歡過她，提及她時的柔情藏也藏不住。

許清彪又接著說陸雲寄宿在他這裡時與那兩位姑娘的往來，竟沒有厚此薄彼，今日上街買了糖葫蘆定是一人一串，看到什麼新奇事物亦是一人一份，甚至連外出的陪同也是一人一次、或是同陪，無冷落專寵可說。

「許伯伯，那兩位姑娘……可有說過想嫁與我師父的話嗎？」陸子衿小心翼翼地問。他想著若有，那麼師父會遭人殺害是否便與感情有關？愛著戀著卻不得，心裡自然憤恨，要痛下殺手也絕非不可能。

「唉唷，就算有，我也聽不見啊！」許清彪說這等情話怎可輕易讓外人聽去？「可就我所知，她們倆都極喜歡雲哥，想嫁給他也在情理之中。」

許清彪說那段時間他們過得極快活，後來因著段姊家中有事得先走，陸雲性子又待人如己，自是跟著前往，另一位姑娘自不必多說。這一別便是數年，再相見之時已是彼此的喜宴上，那時他還特別驚訝怎麼嫂子竟是他人。

「便是說我師父誰也沒挑……卻娶了我師母。」陸子衿心裡有所盤算，並未說出口。

「是啊，說是一見便知是她了，我很少看雲哥那般，像丟了魂似的。」

他又說了些陸雲夫妻大婚前的事，竟也如尋常人一般青澀。陸青聽得津津有味，陸子衿卻是若有所思，只覺這一趟的收穫甚少，除了知曉與師父過從甚密的有兩位，其中一位剽悍、另一位溫婉外再無其他。

入夜，兩人躺在床鋪上，陸青敏銳察覺到師兄的低落與徬徨，只是沉默著摟緊他。

「……青青，你想報仇嗎？」陸子衿突然問道。

若不是那人，陸青想必會在父母的照顧下好好長大，雖不富裕卻也不必為吃穿煩惱，師父生前收養的幾個孩子都比陸青大，在一堆兄姊底下必定受寵，總好過……餐風露宿、擔心受怕的日子。

陸青沒說話，只是在他的胸前不斷磨蹭，撒嬌的行徑引來對方的輕哼與一聲「幼稚」。此時夜已深，方才席間答允了明日要早起幫著張羅婚禮細項的，可不能食言。

「明日可不許貪懶。」他輕捏師弟的鼻尖訓斥道。

陸青嘟囔著不貪懶，磨蹭他胸口的姿態跟隻小狗崽無異，被蹭之人也僅是寵溺地笑笑。

*

隔天，陸青果真如他所說不貪懶，只是喊他起床還是費了不少功夫，陸子衿險些要操傢伙往他的小腿脛上敲！

「平日讓你早起晨練都乖乖聽話，怎地最近越發偷懶了？」

「師兄身上暖暖的嘛，抱著就想睡……」

陸子衿臉皮薄，連忙往他頭上一敲要他別大聲嚷嚷，是想讓所有人都知道他們倆是抱著睡覺的？

「啊！睡得可好？」

大廳裡，許清彪快活地朝兩人招呼，說今兒個來幫把手的人不少，沒法好好招呼他們倆，讓他們不要客氣，想吃啥喝啥自個兒在桌上取，說罷便急匆匆走了，連句話都沒得好好說。

陸子衿性子認真，思著昨夜今早都受人照顧，便捲起袖子加入忙活的行列，粗活雖幹不來，細緻些的倒還成，便向許清彪要來清冊一樣一樣確認；陸青本想幫著，卻被趕去與一幫壯漢替戲臺子多添上幾根釘子，可委屈著呢。

「唉唷！段姊！萱妹！妳們倆怎麼提早來了？」

陸子衿正細數桌上的杯盤數，這兩聲稱呼如一記重錘直往腦門上敲，待他抬臉往大門處瞧，兩位衣著輕便的姑娘正與許清彪寒暄，其中一位與江湖傳言不謀而合，正是他埋伏多日卻不得見的段湘香！

段湘香著一身褲裝，卻非江湖傳言她所偏愛的朱紅色而是墨紫色，許是怕搶了新娘風采；她身旁的姑娘更是淡雅，一身碧色衣裳，青絲挽起，妝容素淨極襯她的氣質，縱使初見不起眼，卻能在心裡長久存留，如詩如畫。

「開什麼玩笑，你兒子娶媳婦耶，怎麼樣也得過來幫把手吧？」段湘香不拘小節，說話也特別爽朗，聽起來很是舒暢。

「許哥哥不會嫌我們不請自來吧？」一旁的姑娘說話倒是柔柔和和的，與段湘香恰成對比。

「怎麼會！萱妹這麼說就是見外了！」許清彪倒是真心高興，半晌又沉下臉說可惜，「若雲哥還在的話……如今倒是久別重逢。」

段湘香安慰他世事無常，誰也沒料準會如何變化，過好自個兒生活要緊。

「沒事，許是上天知道雲哥不在了，讓他的兩個兒子來熱鬧熱鬧！」

兩位姑娘均被這消息嚇了一跳。

「兒子？」

「雲哥有兒子？」

陸子衿明白接著他們便會把視線往自個兒身上拋。果不其然，許清彪樂呵呵地領著兩位姑娘朝他走來，還嚷著「世姪」，看來是完全把他們倆當自己人了。

「許伯伯。」

「來，世姪，這兩位便是我昨兒個跟你提起的段姊和萱妹。」

陸子衿裝出驚喜的樣子，直說若師父仍在世上定會為此開心，師父在世的時候最喜歡熱鬧了。

「師父？」段湘香蹙眉道：「怎麼不是兒子？」問罷便往許清彪身上瞟，大有怪責他誤傳的意思。

「噯，這是口誤，段姊妳別這般瞪我……」

「香姊姊，許大哥定是與兩個孩子投緣，他的性子妳也不是不知，無論是弟子、孩子都當兒子瞧，也不礙事啊。」另一名姑娘幫著緩頰。

陸子衿身為當事人卻不受關注，倒是讓他有餘裕觀察這兩位姑娘，一者激進、一者嫻靜；一者豪邁、一者溫雅，倒也相輔相成。從方才那幾句言談中便可窺見段湘香總是更直率如男兒一般，另一位姑娘則擅思考、不衝動。

「真是對不住，小兄弟，沒有嚇著你吧？」

那姑娘自我介紹叫丁萱，人如其名使人忘憂，陸子衿留意到她髮上的釵子與頸上的墜子黃中透白，與衣裳相襯映。

「不會，丁姨客氣了。」

段湘香是個直性子，埋汰兩句便不放在心上，瞧她挽起袖子就扛著數張木椅加入的姿態很難不讓人喜歡；反倒丁萱就不是個幹慣粗活的姑娘，站在原地饒富興味地看他做事，不時提問兩句，均不深入。

「小兄弟是雲哥的大弟子嗎？」她問道。

「是。」陸子衿亦自報姓名，見丁萱低誦「青青子衿」，不禁露出微笑。

「雲哥跟嫂子會替你們倆取這名字，果真是風雅之人。」丁萱斂下眼神嘆道可惜，不過十數年的時間卻已物是人非，「欸，那另一位……」

「師弟應在戲臺子邊。」陸子衿問是否需要替她喊人來。

「不勞煩，我只是分外想念雲哥。當年之禍原道再無緣分，卻不料雲哥尚有後人。」

瞧她說到傷心處時眼眶泛紅，喉音亦帶哽咽，陸子衿便明白這姑娘是真心敬愛師父的，那眼淚騙不了人，若是假意，那想必紅塵間再無真情真意。

丁萱取出巾帕往眼角處輕按，朝他歉然一笑後便往戲臺子的方向去。陸子衿瞧她的背影卻略感不對勁，這看似弱不禁風的姑娘家走的竟是輕功的步伐，使其每一步都輕盈曼妙，雖能與陸雲一同遊歷定非等閒之輩，可……這股異樣又該從何解釋起？

「世姪、世姪！」

思緒被這一聲聲急促的呼喚打斷，陸子衿扭頭一看，發現一夥人扛著一頭大豬正穿過大門而入，後頭還跟著不少人，皆提著各色食材。許清彪說這些都是明兒個宴客的菜料，除了點貨還得收好，怕是一時半刻走不開，讓陸子衿幫他看著這裡。

「好，伯伯你忙。」

許清彪隨即吆喝眾人把食料往廚房裡擱，聲音格外有活力，陸子衿卻有些心不在焉，忍了幾回後還是宣告受不住地往戲臺子邊蹭，剛走近些就瞧見陸青與丁萱正在閒聊，具體內容聽不清，倒是丁萱的笑聲格外輕快，像隻黃鸝鳥。

本應是一幅和諧溫馨的場面，可陸子衿就是覺得有股說不上的異樣。

丁萱無論談吐、舉止都與一般大家閨秀無異，甚至更加出色，可她的一顰一笑卻總透著古怪，陸子衿細瞧許久也說不出口，只當是自己犯傻，怎會覺得丁萱詭異呢？

「啊……」

此時一陣強風吹來，他的雙眼不知被什麼給撲著了，備感酸澀，一連眨動幾下也不見舒緩，只得以手遮眼去尋冷水潑灑以減輕不適。

「唷，怎著？眼睛紅成那樣，給蜜蜂螫了？」

無巧不巧，段湘香也正倚靠在水缸邊舀水喝，見陸子衿走來禮貌性地騰出個位置給他，卻在看到他的眼睛後忍不住出言調侃。

「不是，是讓風撲著眼睛了。」陸子衿道。

「這風確實大，當年你師父成親的時候也是這般，那風啊，颳得到處都是。別說那些姑娘，就是萱妹也哭得奇慘，直嚷造化弄人。」

這番意有所指的言論有些過了，竟像是在指責陸雲一般，陸子衿聽著心裡不悅，臉上也藏不住。

段湘香許是知曉自己說得過頭了，尷尬地乾咳幾聲。這姑娘家做起事來倒真不見彆扭與矯作，更像個男人，有事都直來直往的，那些修飾、收斂都不歸她。

「嗳，我不是那意思，我都不曉得我在說什麼。」她道突然見著陸雲的孩子太過震驚了，心底有萬千念想卻不知從何說起，這胡亂揪線頭的下場便是啥都不著邊。

陸子衿僅是瞅她，並未出聲解圍。

「總之，你別在意，我性子就是這樣，急！」她大笑兩聲，倒不像是真心為此煩惱，「說了啥話你別往心裡去啊！」

「這倒不會。」陸子衿能感受到她話裡的真誠。

許是與陸青不再有祕密瞞著彼此之故，年輕的一方便越發像隻大狗，做啥想啥都一竿子通到底，實誠得很，一回不覺、二回不察，多回起來可就熟悉了，如今的段湘香便是讓他有這般「熟悉」感。

「眼睛若還疼，等等可來找我，我包袱裡有能治眼疾的藥，不治本至少治標。」

陸子衿說聲謝後便目送段湘香離去。她喝完水後旋即加入粗活行列，竟不見疲憊，在一堆糙漢子裡惹眼得很，分明是初識卻能混得極好。這便是段湘香能在江湖上吃得開的絕技，若她是個男子，想必又是另一番風景。

他瞧著那抹忙活的身影，有些模糊的念想在腦中逐漸清晰，宛如燃燒煙花時的白煙，一縷飄飄、摸抓不著。

第八章

入夜，忙了一天的陸青竟累到吃不下飯，陸子衿好說歹說勸著他吃了些飯與幾塊肉。

許清彪怕這對兄弟餓著，深夜還送來幾色吃食，甜鹹都有，並叮囑他們倆別太晚睡，明兒個還得早起，讓陸子衿對這般體貼的行徑與心意感念不已。

「若真沒食慾，吃些糖葫蘆吧，總比夜裡餓肚子強。」

陸青聽見門落鎖的聲響，便湊到師兄懷裡撒嬌，嚷著要他一顆顆餵。

「都這麼大個人了還這麼愛撒嬌。」

嘴裡罵，陸子衿卻還是捏起一顆往他嘴裡塞。糖葫蘆是現做的，漿水尚未完全凝固，不只手指，雙唇也沾上了，陸子衿心想這甜膩之物若染上被褥可不好，遂放進口中吸吮，甜膩入心的滋味倒是出乎意料得好。

「師兄，沒想到咱們倆與那段湘香會在這兒認識，這定是命運，不讓害了爹的人逍遙。」

這話讓陸子衿挑起眉。

「青青這話倒像是認定段湘香是凶手了？」

「師兄不覺得嗎？」陸青抬起臉來看他，「定不會錯的，那段湘香壓根兒不像個姑娘，說話粗魯、動作也粗魯，只是長著張俏臉。師兄不總說我娘溫文有才華嗎？即便要挑，也會挑丁萱吧。」

「我倒覺得那段湘香是性情中人。」陸子衿道，自是沒忘了將自身感受悉數告知，包括那股異樣的感受，陸子衿向來不是會沉溺於情緒無法自拔之人，實是這詭異感久久不散，才讓他堅信那丁萱特別可疑。

「可信裡不是說了往段湘香身上查嗎？」陸青沒忘記方應歸讓他們倆從段湘香著手。在他看來，這段姑娘毫無疑問便是滅門血案的真凶，的確該從她身上查，加以她武功高強、又與陸雲過從甚密，再沒有比她更可疑的了！

「方應歸說的未必是真的。」他道。

陸青喊了聲「師兄」，當中的不解與怪責藏也藏不住，「如若不信，又為何照著書信往下追查？既追查了，又為何要處處質疑？」

陸子衿苦笑著說句「傻」，卻無法真正責怪陸青，這般是非分明的念頭他亦有過，當時是陸雲費了好些精神讓他看清全貌，如今他瞧師弟竟覺得欣慰，還有些想笑。

「你瞧，那段湘香是武林中人，你說了她粗魯，我也覺得如此，此外她還特別直率、不知耐性，我推測她若有不滿定會當下發作，斷不可能等兩年後才來尋仇。當年師父成親之事並未刻意藏著掖著，想來即便她無心也會知曉，怎地當時沒來阻饒？」

陸子衿跟著陸雲許久，也是親眼看著他娶親的，當時還幫了把手，賓客們直呼他可愛。

「許是當時有事耽擱了也未可知。」

「這說不過去。」陸子衿輕撫陸青的手背，指尖於肌膚上摳抓，有些麻癢，陸青忍不住縮起肩膀。

「當時青青都兩歲了，依那段湘香的性子，怎可能忍兩年？當日現身搶親這事她是做得出的。」末了又補上一句：「縱使不經思慮，卻足夠率直，足見是個可信之人。」

「我與師兄看法不同。」陸青沉著張臉道，「這倒是頭一遭。」

「正是。」

兩兄弟即便思維天差地遠——陸子衿腳踏實地，陸青則不著邊際——可鮮少有如此對立的時候。

「那可麻煩了。」陸青為難地搔頭。本以為陸子衿會與他想法一致，兄弟齊心之下還有什麼對付不了的？卻沒料想會有意見相左的時候。

「有什麼麻煩的？」陸子衿朝他笑，心情無比輕鬆。他本應是更著急著想報仇的，許是娶親這高興事與陸青的煩惱樣子沖淡了不少情緒，反而讓他穩了心神。

「既然青青與我的看法不同，那這般吧，咱們倆分頭打探。」陸子衿說這兩人皆是與陸雲過從甚密之人，師父的死必定與她們脫離不了關係，即便凶手另有他人，她們可是跟著陸雲一塊兒遊歷過的，知曉的內情肯定較許清彪要多。

「分頭？」

「是。」陸子衿笑著點頭。

他道陸青既然覺得段湘香可疑，那便去打聽看看有無任何證據直指是她殺害了陸雲，他自個兒也會找上丁萱多問詢些。這番考量可謂合理，盡是往覺得無辜的人身上蹭定會毫無收穫，得反向而行才好。

這主意合情合理，陸青便點頭應下，糖葫蘆也如數進了他的肚子，過度疲累後的甘美滋味總讓人昏昏欲睡，他不由分說就往陸子衿的懷裡蹭，使起性子來竟無人能比陸青更甚。

「拿你沒法子。」陸子衿寵溺一笑，自己也跟著躺下讓陸青能窩在自己懷裡入睡，這般姿態是自幼時便有的，於陸青而言是最能安定心神的相依相偎。

*

夜已深，只餘滿天星斗閃爍。

許家大宅裡的所有人皆早早入眠，只因明日是個決計不能錯過的大日子，以至於她的行蹤竟沒讓任何人瞧見。

「怎麼會……當年竟……」

她恨得咬牙切齒，萬萬料想不到十數年後竟會迸出一個弟子、一個兒子……除了痛恨當年自己沒有先徹查仔細之外，也暗自驚心那兩個瞧上去精明能幹的孩子究竟對於是誰殺了陸雲熟知多少？是否知道……凶手正是她？

「不成。」

她鬆開快被咬斷的指甲，急忙以巾帕沾取油後覆於甲上，這甲色可是花了不少心思，共取了四、五種異色鳳仙花瓣搗爛後淬出汁液，又以葉片沾取，緊緊包覆使其定色的，可不能在這等日子裡毀了。她要美美的，比任何人都美。

「是不是我不夠好看？」她喃喃自問，自然是無人會給予她答案的。

深沉的夜與寂靜的宅子透著幽異，她卻覺得分外自在，那些個與陸雲一同在外的日子，也總是這般寧靜，甚至有些詭譎。多虧陸雲總花心思在她身上，那些嚇人的故事才沒讓他不安。

「若不夠好看，我可以學，可是……你怎就娶了那個女人呢？又醜、又窮，還讓你因而遠離江湖……」

這怎能忍？曾雄霸一方的獅王是萬萬不能退位的，除非死了，否則那些曾覬覦獅王之位的人還不一擁而上將其分了個徹底？

陸雲便是那頭獅，錯就錯在他聽了那女人的話，收斂獅爪與獅牙，這才引來殺身之禍。

「不是我，也遲早有人會下殺手。」

她堅信自己做得沒錯，錯的是那女人，那個騙走了陸雲的身體與心靈甚至感情的女人。

粉桃色的指甲深深掐進肉裡，只差一些便要見血，她則在這個夜裡遲遲無法入眠，不斷猜測那兩個孩子知道多少，惴惴不安，直至天邊擦白。

「不成。」

她還是得去探聽他們倆知曉多少，若知道的太多……反正自己手上早已沾滿了鮮血，多沾一些又有何妨呢？

*

大喜當日早晨陸青竟睡過頭，陸子衿叫了數回才讓他離開被窩，無奈外頭正忙，便把一個饅頭塞進他懷裡叮囑肚餓別忍、記得吃掉後，便離席去幫著收拾殘局。昨兒個不曉得怎麼搞的，桌椅碗盤全灑了，光是數清杯盤碗筷的量與張羅補齊就是件苦差事。

忙活至一半，段湘香與丁萱便問有無能幫忙的，許清彪讓她們倆別忙，入座去嗑瓜子喝茶，兩姑娘罵他迂腐後便自動覓著能幹的活兒去了。無巧不巧，丁萱就這般毫無懸念地往陸子衿處走來，還端著一杯茶說要給他。

「謝謝妳，丁姨。」陸子衿心想也好，瞧瞧她有什麼盤算，便接過那杯茶一飲而盡，一時過猛而讓衣領溼了少許。

「姨……」丁萱為難地笑，「也是，論輩分，你是該喊我一聲姨。」

陸子衿放下茶杯，又在紙上畫了幾痕，這會兒才算數清了數量，等結束後這些杯盤還得再算一回，原因無他，只因價高而不得不慎。

「丁姨，我能問問我師父的事嗎？」

陸子衿等了許久也不見丁萱有更進一步的舉動，心想這姑娘倒是比他想的更加小心翼翼，思量半晌後收起紙筆，從一旁的桌上順手摸來一個茶壺與杯子，倒出涼茶後也遞上給她，「晚些再讓他們補上一壺便好。」

丁萱笑著說他方才的樣子倒與陸雲有幾分相似。

「雲哥也是個隨興自在的。實不相瞞，我與他的相識便是在一間路邊的小攤上，那時我走得極累，一句話都說不好，雲哥瞧我這般便馬上倒了杯涼茶贈與我，直說別客氣，就與你方才的樣子一樣。」

「阿姨跟我師父就是這般開始遊歷江湖的？」陸子衿不料自己隨手的舉動竟如瞎貓碰上死耗子般中了，便打蛇隨棍上繼續追問。

「當然不是。」丁萱笑道她可是江南繡坊的閨女，家裡爹娘怎可能安心讓她與一陌生男子離家？中間自然是發生了不少事，「我爹對雲哥很是誇讚，雲哥也明白我對江湖的嚮往，對於我爹的質問，他便說定會娶我，這才讓我得以離開家中來看看外頭的世界。」

「定會娶我」……陸子衿不是傻子，自然聽得出丁萱在說這四個字時語氣有多麼不同，一些念頭在心底悄然浮現，卻依然不見形體，僅僅只是念想。

「我師父真那般說？」

「我心裡明白，雲哥是可憐我才這般說的，真正能讓雲哥奮不顧身的除了他的夫人，便只有香姊姊了。」她苦楚地笑道，「可我太想到外頭看看了，所以我才賴著雲哥讓他同我父親發誓。雲哥真的待我極好，我很感謝他，可誰料……嗚……」

說到傷心處，丁萱忍不住哽咽，以巾帕抑著眼角的樣子格外惹憐。見著此狀，陸子衿便不難想像陸青對她如此誇讚甚至直說凶手並不是她，這般楚楚可憐的姑娘，怎幹得出殺人滅口這般可怕的事？

剎那間，陸子衿也要懷疑是自個兒推斷失靈，這般溫柔體貼的姑娘……

「人死不能復生，丁姨別太難過，師父地下有知亦會無法安心的。」他半真心半試探地出言安撫，「丁姨，妳可知道……師父有任何仇人嗎？」

「仇人？」丁萱瞪大眼睛看他，「雲哥最不喜與人結怨了，總是思著自個兒吃虧，可偏偏……唉，這個性我與香姊姊都替他不值……」

「不值？」

丁萱道在江湖上闖的怎可能不樹立敵人？陸雲的正義感又特別強，看見受害的人總是拔劍出頭，她常為此捏把冷汗，幸好陸雲性子耿直，從不耍心機，那些曾受過他幫助的人對他都是感恩戴德。

可這樣的人多半會栽在不知名的地方。

「妳的意思是，我師父的仇人還不少？」陸子衿皺眉問道。

「這我便不知了……可若要說誰看不慣雲哥，那許是不少的。」丁萱問道十數年前的血案是否有懷疑可疑之人，在得到否定答案後也跟著愁眉不展，以為陸子衿會問那些是因著已有線索之故。

「事實上，一點線索也無，若非師父身上的傷口太過蹊蹺，說是一場火災也無人會起疑。」

「竟是這般嗎……」丁萱又是一聲長嘆，哀戚之情溢於言表，陸雲的逝去於她來說或許絕非一位老友死去那般輕巧。

陸子衿心道丁姑娘定是愛慕陸雲的，從她的舉止、眼神甚至提及陸雲時的語氣，在在都能肯定她用情之深，當年賴著他許下定會娶她為妻的承諾或許不全然是想看看外頭，卻是抱著一丁點微弱至極的希望而有的央求。

「丁姨，恕我冒昧，妳認為下此毒手的人與家師之間的仇恨該有多深？」

陸子衿即便被她的情緒所感染，卻不曾忘了目的，這是由年幼之時便被鍛鍊起來、遭逢絕境時徹底刻進骨子裡的執拗，若非如此，他又怎可能憑一己之力把師弟拉拔長大還不落下學識與武功的修習呢？

丁萱像是不能理解這問話的內容一般，過了許久才抽著鼻子輕咳一聲。

「若說有誰會仇視雲哥，我還真說不出來，雲哥對誰都好，可再如何小心謹慎卻也架不住有人暗害……」她說陸雲一路上幫過多少人，有多少人謝他愛他，便可能會有多少人恨他憎他，如此細想下去竟是細思恐極。

「說得也是。」

「都過了十數年，你竟都在想這些嗎？」丁萱心疼地輕撫他的臉頰，讓這般念想充斥腦海肯定不好受，尤其還是抱著不放熬過這些年頭。

「逝者已逝。」陸子衿道明白即便自己再賣力也無法讓師父活過來，可身為人徒、人子、與人兄，他更想知道那人害了師父不說還滅了全家的因由為何。

「若非如此，我的師弟不會被迫跟著我四處流浪，還被逼著懂事、迫著成熟，他本可無憂無慮地在父母的照拂下長大，而非只有我……」

說白了，這是陸子衿心裡的痛、憾、與恨。

「子衿……」

丁萱為之動容，好不容易才止住的淚又悄悄滑落。如此歡欣喜悅的場合，他們倆卻在故人的話題中陷入愁緒而難以自持，兩人均在彼此的眼中瞧見類似的情緒，直到丁萱瞅見他的兜裡露出一抹暗紅，「咦」了一聲。

「那是？」

那抹暗紅確實惹眼，一來這般色彩在男子身上實屬罕見，二來掛在邊上搖搖欲墜的樣子也著實讓人捏把冷汗，可丁萱一問，陸子衿也低下頭去，這一來一往間東西便落了地，在磚石上發出沉悶的一聲「喀」。

因著掉落在丁萱腳邊，她便極其自然地拾起細看，端詳半晌後又「咦」了一聲。

「這莫不是香姊姊的髮釵？怎會在你身上？」

「什麼？這是……」陸子衿愣住了，竟忘了要回那根髮釵，「那是段姨的？」

「噓！」丁萱突然緊張地制止他，還四處張望數回，搞得連陸子衿都緊張起來，她才按住他的肩膀讓他往下點縮，別太張揚。

「香姊姊最憎被喊老，別喊她姨，能的話喊聲姊姊。」

「這……可妳也喊她姊啊？」若他也喊，那輩分還不一團混亂？誰是誰的長輩都分不清了！

「我這是無可奈何，總之你別喊她姨，當心她劈你。」

陸子衿完全相信那個女人做得到這事。

他乖巧點頭的樣子換來丁萱的摸頭，算是獎勵他懂事，隨後他們倆就著這般彆扭的姿態低頭看那根髮釵，在黑暗中那紅色更加鮮豔，不知是加了什麼祕密在裡頭。

「這牡丹髮釵，我與香姊姊都有一個。」她啞著嗓子道，「是雲哥贈與我們倆的，我的那根一直貼身收著，香姊姊的我倒是有陣子沒瞧她用過了，還道她比我更寶貝那根髮釵，藏著掖著不讓人瞧呢，怎地在你這兒？」

陸子衿眨著眼，一下、兩下、三下。

他思索事情時總習慣如此，緩緩閉上再睜開，才不讓思緒透了出去給人偷著，也只有陸青敢在這種時候硬把臉湊到面前盯著，一時沒防備還真容易被嚇一跳。

「這是我在師父屍體邊撿到的，這十幾年來一直保存著沒敢扔，就是想以後若有機會能替師父報仇。」他說這必然是凶手之物，只因師母別說髮釵，耳環、項鍊、戒指等也不曾上身，何況是這等豔麗之物。

「什麼？」丁萱猛抽口氣，一個不好的念頭在腦裡迅速現形，頓時臉色慘白、眉頭緊皺，眼角竟隱隱含著淚，「你的意思莫不是……香姊姊……」

陸子衿點頭，並不忌諱這個想法被人知曉。

「怎麼會？這不可能……」丁萱茫然極了，從未料到會在這裡聽見這般駭人之事，頓時她瞧段湘香的眼神都夾著驚懼，不敢相信自己一向視為親姊之人會是那場滅門血案的真凶。

「如若真能確定這是她的髮釵便好了，抵賴不得。」

陸子衿從丁萱手中拿回髮釵，眼角餘光卻直往她那邊瞅。若他的想法為真，這或許是個引蛇出洞的好機會。

若非必要，他鮮少用如此不光明磊落的方式，可如今已過去十數年，該留存的與註定要逝去的都讓歲月洗成了一個樣，這時總得有個出格的方式方能使其出現裂口。

他握緊手裡的髮釵，已讓泥巴與歲月摧殘得幾乎不成樣的破敗牡丹在掌心掐出痕跡，傷口不見血，除了傷者自身外，無人能體會個中苦楚。就如現在，除了陸子衿自己，無人知曉他的算盤與籌謀。

*

陸青覺得分外難受。

昨夜的糖葫蘆定是壞了，半夜便隱隱肚疼，今晨被喚醒就開始無止境的忙活，昨兒個確認過毫無問題的桌椅就像被一群愛胡鬧的野狗上下鬧騰過一般可怕，別說翻倒的，光是上頭詭異的泥痕就夠讓人心煩。

許清彪見狀特別崩潰，拚著老命收拾，陸子衿看不過去便跟著幫忙，順道將散了一地的碎玻璃渣子掃起，眼見杯碗數量肯定要出岔子，便顧不得與陸青說話，只是把饅頭往他兜裡塞，吩咐要記得吃。

陸青見狀，先是因著被關心而胸膛覺暖，後又因著只是一顆饅頭與一句話而無其他便感到鬱鬱不樂；當他抓著饅頭啃時又瞅見正談話的兩人，一男一女之間像是不顧及禮數一般靠得極近，相談甚歡的樣子讓他頓時胃口全失。

他心底明白丁萱的年紀足以做兩人的母親，可陸子衿那般放鬆寫意的姿態竟在他人面前毫無保留地展露，怎能讓他不吃味？那本應是專屬於他的！

陸青不樂意瞧見這景象，遂踱步離開，卻因著心緒紊亂，不慎撞上了正挽起袖子要幫忙的段湘香。

「唉唷！留神！」她皺眉道，待看清這冒失鬼身分時並未另眼相待，「怎暈呼呼的？小心撞上人，要不一旁坐著去？」

陸青被個姑娘這般取笑，面子過不去，三兩口吞掉饅頭後回聲「不必」，接著便加入搬運與清潔的行列。

一個個盛滿水的桶子瞧起來特別壯觀，段湘香絲毫不像尋常姑娘，捲起袖子露出手臂，彎腰拾起毛巾就往桌板上擦，動作俐落不說，速度還飛快，轉眼就弄好了數桌。

陸青本就好強，加以對段湘香抱持懷疑，自然不樂意落人後，便也捲起袖管一塊兒動作。幼時幾乎什麼都得自個兒來的經歷幫了大忙，這些活兒他是天天在幹，自然又快又好，連段湘香也朝他投以欣賞的目光。

「不錯嘛，世姪。」她以手背抹汗並道：「起先還以為你只靠著你師兄呢。」

「哼，自以為是。」陸青對此嗤之以鼻，到底心性還是個孩子，總是不喜讓人說三道四，更何況是靠著誰這般話題，「妳才是誰都不靠。」

「是啊！我誰都不靠，這不照樣活得自在嘛？」段湘香對此很是驕傲，「雲哥總說『人要靠自己，女人家尤甚』，他最不喜那種照著夫君與親爹的話做的姑娘了，幸好我聽了他的，你瞧，我過得多好！」

她在提起陸雲時滿心都是喜悅，嗓音都格外高昂，與其他人說話時並未見如此，陸青便明白這人定是愛慕著自家親爹的，即便從未明說。

「段姨以前不是這般的人嗎……噢！」

他想既然對方主動提及，那索性打蛇隨棍上，卻不料話才剛落，一記手刀就朝他劈來，又快又疾，陸青只來得及伸手擋駕，可段湘香到底是老江湖，另隻手隨之而來，逕自在後頸上一打，讓陸青痛得嗷嗷直叫。

「你若不是雲哥的兒子，估計你師兄就要準備祭拜你了。」她惡狠狠地道，末了還不忘補一句：「叫我段姊，其餘的一律不許叫！」

陸青何時見過如此蠻橫之人？可多年習武的本能讓他察覺到段湘香的威脅皆是其來有自，他只好一面安撫自己道「別與姑娘家一般見識」，一面沉著嗓喊了聲「段姊」，至於丁萱也喊她姊，兩人間的輩分差距問題就先擱置一邊吧。

「這才乖。」段湘香見他服軟，也不再窮追猛打，情緒來得迅去得也急，「以前嘛……以前的我與現在像是兩個人。」

陸青急著想聽更多，便「段姊段姊」地嚷，「段姊與我爹是怎相識的？」

「唉唷，這會兒就這般懂事？真不愧是雲哥的孩子！識時務！」她大笑數聲，之後才開始說起她與陸雲的相識。

當時她芳齡十六，照理來說是該嫁作人婦了，可親爹替她選來的人她一個也不滿意。

「我那時只是看這個不好、看那個不滿意，如今回想起來我是不甘願就這樣嫁與他人吧。」

她說當時也不知是哪來的膽量，竟提議那不如辦個比武招親，誰勝過她便嫁給誰。起先她爹可不願，但拗不住她一再哀求使脾氣鬧性子，終是答應她了。而比武招親那日卻讓她遇見了陸雲。

「當時雲哥正追著一幫悍匪，追著追著就追到擂臺上了，我瞧這有趣得多，便同雲哥一起將那群賊人拿下。哈！那時候可真爽快，萱妹子還在底下叮囑我們倆要小心，多虧了她，那群賊人的偷襲才沒得逞。」

段湘香是個說故事的高手，不過才短短幾句話就讓陸青聽得入迷了，簡直比陸子衿說的那些床邊故事還刺激動聽！

接下去的發展就比較話本了，陸青回想起家附近的說書人說過的奇聞軼事，當中的峰迴路轉與意料內外就如這故事一般奇特。

「最終這比武招親自然是不能算數的，可我說在方才合作之時獲益良多，足見陸雲的武功在我之上，要不就讓陸雲與我成親吧！」

自然，陸雲是不肯的。

段湘香那時也只是個青春少女，幾回追問卻毫無答案後也不樂意了，直嚷著他毀了比武招親，便要負起責任娶她，否則——

「否則？」陸青朝她靠得更近，此時他更像一個極欲知道故事下文的好奇孩子。

「否則就負責說服我爹，讓我到外頭去玩一年，一年後回來若仍一事無成，就順著我爹的意成親！」

想當然陸雲挑了後者。

段湘香說她沒問陸雲是用了什麼方式，讓一向頑固的老爹同意她出門，當時只想著能出去闖闖，誰料這一闖反而闖出了名堂，江湖上人人稱她「段女俠」，她行俠仗義的名聲也傳回了段府，一年後反而不急著逼她嫁人了，想來也是因禍得福。

「我爹曾說要我嫁人是怕我四處得罪人，屆時照顧不了自己。現在我能啦！就沒必要定得賴著個男人才能生活，所以我就一直這般了，倒也逍遙快活！」

陸青見她這般豁達，也十分認同她的說法，更沒料到她會主動將這些事都說出來，省了他不少套話的功夫──他起先還挺怕，畢竟套話是陸子衿的長項。

「那……段姊知道我爹遇害的時候一定特別傷心吧？」

一聽見這話，段湘香遂沉下臉，好半晌才垂著頭點了幾下，陸青差點瞧走眼。

「我那時……因著點事在忙，回不去，待我終於可去時卻已經來不及了，我只來得及向雲哥說聲抱歉，因著與他約定『兒女情長較國家大事，輕重緩急得自有數』而來遲……若我能早些去，知道他仍有兩個孩子在世，你們也不必那般辛苦……」

都道女人是水做的，陸青起先還半信半疑，如今是真信了，他怎麼也料想不到方才還與自己大聲笑罵的段湘香此時會哭得神情哀戚，他有些不忍，便伸手拍她並道「我爹不會怪妳的」。除了這話，他也著實不知道還能說什麼。

段湘香一連吸幾口氣，以哭腔道：「若讓我知道是誰殺了雲哥，我定不會放過那人！我追著那幫害我兄弟的賊人追了三年，要我花一輩子追殺他，我也心甘情願！」

她語氣裡滿是憤恨不平，聽得陸青都要寒毛直豎。

這女人……著實一絲虛假也無。他心道。

不知怎的，腦海裡突然出現陸子衿說過的話：『她還特別直率、不知耐性，我推測她若有不滿定會當下發作，斷不可能等兩年後才來尋仇……』他不得不承認，在許多時候陸子衿反而是看得更清明的。

這個會因來遲而落淚、甚至為不屬她的責任而道歉的女人，無論眼神或語氣都透著真誠，陸青再怎麼不喜她也無法欺瞞自己——

「啊！算了！想再多也沒有用！現在開始補償就好了呀！」段湘香一鼓作氣地抹掉淚水，開始以一介家長自居，對陸青道往後在江湖上若有什麼難處別客氣，「儘管來找我段姊！」

說罷，她還用力往陸青背上一拍，險些沒把他拍得咳出肺來！

——不，這個女人果然還是太粗暴了！

陸青按著背隱隱喊疼，並在心底發誓以後即使有事也不會去勞煩這位「段女俠」的！

*

今日格外熱鬧，許清彪雖非道上之人，卻有不少道上的朋友，隨著他們一個個到來，桌椅甚至險些不夠，陸家兄弟忙闢了個位置要擺進桌椅，幸好有些只是來送禮並未參與飯局，大家坐得擠些也仍夠。

陸子衿一面留意著四周狀況，一面與陸青咬耳朵，問他與段湘香的談話結果。

「那個女的簡直不是女的！」陸青塞了滿嘴的魚肉，那餓死鬼的樣子讓陸子衿搖頭嘆氣，「說不到三句話便猛拍我背，我差點把饅頭都給咳出來了！」

陸青看上去是被段湘香的豪邁作風逼得渾身不對勁，說話時語氣都哽咽著，說的人無心、聽的人卻無法不上心，光是忍住笑便格外艱難。

陸青瞧陸子衿的眼神依舊寵溺，遂厚著臉皮悄悄將臉蹭上他的手臂，孩子氣般道：

「師兄也不心疼心疼我？」

那模樣與闖禍後怕被責罵而主動求和撒嬌的狗崽像極了，陸子衿長嘆口氣，心道這人真是自個兒的冤家。

「還心疼心疼你呢。」他寵溺道，「成了，晚些再嘉獎你。」

年幼的一方聞言笑得可樂，卻因著動作與眼神甚至對話都極度隱晦，桌邊的人也三三兩兩未坐齊，沒人瞅出異樣。

「那麼，有提及師父的事嗎？」陸子衿語帶保留，席間人多，亦不知曉哪裡會多一隻耳朵，謹慎些為上。

「有，但……段湘香說當時她正追查一宗江湖上的血案，分神不開。」

「什麼血案？」

陸青說出的字眼他不陌生，那憾事發生前幾天陸雲才與他提起過此事，並叮囑他這陣子江湖不安定，能少外出便少外出。之所以印象深刻，乃是提起這話題的隔日陸雲便獨自上街，買了能夠一家人一個月吃食的菜肉，那分量可嚇人，適而印象深刻。

「她說那時她正調查那個案件？」

「是，說是死的有幾個與她感情深厚，卻被人不明不白的宰了，她氣不過，誓言要把那幫賊人揪出來生吞活剝！」陸青瞧她說得生猛，渾身又是一陣雞皮疙瘩，可說來說去這都是他的個人感受，與她是不是凶手毫無關聯。

陸青坦言，這一番談話裡他亦覺得段湘香不是凶手，只因她著實不像個會因為失戀而大開殺戒的女人。

「師兄，你說得有理，段湘香的確不是個會忍事忍上兩年才爆發。」

陸青道段湘香在得知兄弟讓人砍殺放血致死之時，氣得誓言不手刃凶手便不姓段，此後她有三年時間不進家門，此番專注與執拗卻十成十是腦子充血，毫無深思熟慮可言。

「這樣一來，咱們便只剩下一個目標了。」陸子衿也道出他的，只在講到那朵殘破的牡丹髮釵時稍作停頓，比起營造氣氛更像是在斟酌用詞。

他一向謹慎異常，陸青見怪不怪，瞧燉湯上桌，忙不迭地替兩人各裝一碗，熱騰騰又香氣撲鼻，每口都是滿滿的海鮮味，料是給得極端大方。

陸青舀起一湯匙餵他，簡直是把碗裡能撈起的都撈了，喝進嘴裡能嘗到各色海鮮滋味。許清彪對這場婚宴實是下足了苦心，因所處不靠海，要弄到這些海鮮無一不是大費周章；銀子也是海量，照理如此珍貴的食材鮮少取來做羹湯，若不是真不心疼，便是實在上心了。

「別光顧著我，自己也喝點。」

「知道了，師兄。」

說知道的那人還是不斷舀湯餵他，陸子衿心下無奈，只好淺淺喝一口、把餘下的推回要他喝掉，這般一來一往便是兩人都嘗到了海味的鮮甜，臘肉鹹得恰到好處，混在湯中毫不單調，一邊咀嚼之時也能品到肉裡特有的甜味，這碗羹湯可以說是集大成之作，無論是原料或烹煮手法都是一等一的。

「不如，今晚咱們倆便去問問段湘香吧。」陸子衿說。

「怎麼個問法？」這個提議有些突兀，陸青簡直要跟不上。

此時下一道菜餚端上桌，一向貪吃的自然被其勾了魂去，在他以單手捧著一碗裝得極滿、有東坡肉又有青江菜，另一手還煞有其事地想拿起筷子，照著他們倆在房裡與私下獨處的態勢要餵食之前，陸子衿靈巧地執起自己的筷子從碗裡夾起一小塊豬皮便往對方嘴裡塞。

「嗚！」

陸青沒防備，就這樣讓豬皮潤了口，雖不燙、口味也極好，他卻有些委屈。

陸子衿一向寵他，即便是在這般場合碰上他耍無賴也多半是笑著打混過去，鮮少如這般硬塞給他食物的，定是他做得過了、不知收斂；再細瞧陸子衿，卻是正以半責備、半無奈的眼神對他，甚至淡淡地問了句「好吃嗎」。

「對不住，師兄。」他坦率地道歉。

「知錯便好。」如今雖人人酒足飯飽，該鬧騰的早已鬧上、收斂著的也紛紛往桌上倒，無人盯著他們倆，可到底還是有外人在，是怕無人知曉他們倆的關係非同一般嗎？

「今晚，我們去問問她對這落在當場的髮釵可有印象。」陸子衿說罷便將髮釵收進兜裡，陸青卻瞇眼伸手搶過。

「青青！」生怕這一向粗手粗腳的師弟弄壞本就脆弱的髮釵，陸子衿不敢伸手搶回，只能以這聲呼喊讓他細心些。

「這我瞧不像牡丹啊，丁姨可眼利，一眼便知是牡丹。」

陸青看過這髮釵無數次，可每回都瞧不出個念頭來，如今丁萱的話即便聽著有理，他卻左瞧右瞧也看不出這是朵牡丹，不禁暗暗佩服那些姑娘家的眼力，何況這還沾了血與泥沙，說是一坨狗屎也成啊！

陸子衿卻因著這句話而陷入沉默。

是啊，這髮釵的確不像牡丹，可為什麼丁萱竟能一眼就瞧出真身呢？那時這髮釵還是從他兜裡掉出來的，更別提經過這十數年的洗禮，邊緣早已殘破不堪……若非本就熱愛牡丹，便只剩下一個可能……

陸青還在東擺西弄，試圖瞧出這是朵牡丹的線索，沒瞧見陸子衿沉思的眼神有多駭人，倒是下一道菜上桌時他馬上又把牡丹拋至腦後，改追逐著那道寓意「白頭偕老」的蟹肉煲白菜，直嚷白菜好吃。

*

這可怎麼辦是好？

那牡丹髮釵……若是讓他們瞧見段湘香的包袱裡有，那還不把矛頭懷疑到自己身上來？

她耐著性子回憶前幾日與段湘香一同上路前，可有在她的包裡瞅見一抹鮮紅？此時此刻她竟無法肯定，於是越發焦急。

若真讓段湘香從包袱裡拿出那根髮釵，那麼自己的謊言豈非不攻自破？她有些後悔稍早些的自作聰明，卻不曾想這對兄弟如此激進，才剛打探到消息便要去尋段湘香對質了。

這可怎麼辦是好？

雖然扯謊亦可蒙混過去，但……

萬種心思纏繞，著實讓她抓不準主意，當時辰越往後推，心便越發慌張，後面幾道光瞧就覺精緻的菜餚她卻全然沒有胃口，只是盯著那對兄弟瞧。此時分明是春末夏初的天，她卻覺得格外寒冷。

指甲掐進掌心的肉裡，再用力些便會掐出血來，這時也顧不得精心染色的指甲，她只覺得自己安逸了這十數年就連警覺心也減輕不少，竟以為那對兄弟能夠放過……果然姓陸的都不應該活在這個世上。

當年雙手沾滿鮮血的顫慄感格外鮮明，像是昨日才發生那般，她依稀記得那日是上元節，家家戶戶都掛著燈籠，隔著紅色油紙的火光搖搖擺擺，盡顯詭譎。她從此恨上了上元節，自然也包括那些紅得刺目的燈籠。

她斂下眼神，盡可能不與他人的目光相觸，思索著鬧騰的喜宴究竟何時才會告一段落，中途離席並無不可，卻失禮儀，她與尋常賓客不可一概論之，若說有誰最應該留至最後的，她肯定榜上有名。

此時，一聲響亮的吆喝聲在身旁炸開，許清彪早已喝開了，正嚷著要大家陪他一塊兒把酒甕都喝乾。她一陣無奈，悄悄地坐遠些，雖然無法再聽那對兄弟的對話有些可惜，但讓許清彪抓著了更不好，她怎就忘了這人年輕時候與段湘香曾徹夜拚酒的荒唐模樣？

「喝！後頭還有三罈，要喝乾啊！」

許清彪喝高了，抓著人就遞上酒杯，說的胡話卻句句引人發笑，此情此景讓她備感熟悉，眼眶竟有些熱燙，一個沒忍住便流下淚來。段湘香正巧回座，瞧她哭得梨花帶淚以為被人欺負了，許清彪竟成了那倒楣鬼，不僅讓段湘香扣著脖子大罵「流氓」，還被逼著一連喝下好幾杯酒，樣子有多可憐就不提了。

她瞅著這一幕竟覺有些酸楚，可這般姑娘家的心思極快又讓別的蓋了過去，掐進掌心的指甲終是見了血，她連忙以巾帕覆蓋，瞧著血痕沿著絲緞攀爬而上，卻突然想到那個讓人傷心欲絕的夜，那個男人身上的血痕也如這般攀著自己的軟劍而上嗎？

時日已久，她竟記不得了……仇恨蒙蔽了雙眼，使她只記得那個男人倔強的嘴臉，與他不要命也想護著那個賤人的姿態，是多麼可恨、多麼愚蠢。

*

陸子衿站在庭院中享受難得的清靜。

婚宴如他所料是結束不了的，許清彪一喝高就不許人走，於是現場便成了另一場拚酒大會，段湘香直嚷著這人怎麼脾性不改，當年便是這般找人拚酒拚到出事還讓雲哥去救的不是嗎？

「他今兒個娶媳婦，是好事，香姊姊便由著他吧。」丁萱善解人意道，並端來幾杯濃茶供他們解酒用。

「也就妳跟雲哥慣著他，才絲毫不知長進！」段湘香也是喝了不少，說起話來更加肆無忌憚，大有要提起刀劍好好教訓他一番的架式在。

丁萱一見也只能苦笑，她知曉段湘香就是那嘴壞，性子倒軟得很。

最後，大廳裡橫七豎八地躺著不少人，別說扛回床上，就是動一下都能弄得滿地髒汙。陸子衿說算了，取來幾條被子蓋住他們便算，起碼不著涼，等忙活完後他與陸青才走回自個兒的房間外透氣。

「真是累壞人了。」

陸子衿仰著臉吐氣，雖不討厭這般象徵著歡欣與雀躍的疲累，只是向來喜靜處靜慣了，突遇這樣的場合便格外珍惜曲終人散的片刻。

漆黑的夜襯著閃爍的星，佐以微涼的夜風最適宜醒酒，方才席間因著無法推託而造成的微醺緩緩消散，身體的熱度也慢慢降下，一刻鐘後還覺有些冷，卻沒等他回房取外袍披上，一件厚重的披風就搭上了雙肩。

「師兄。」陸青走至前頭替他綁好帶子，眉宇間滿是關心，「當心著涼了。」

「你也是，穿這麼單薄。」

「我本就不怕冷，師兄忘了嗎？」陸青笑說以往可都是他在充當暖爐的，「師兄，你打算等等去找段姊嗎？」

陸子衿頓了一會兒後搖頭，沒忘了把陸青攬過來一起蓋著披風。

「方才段姊還跟著許伯伯拚酒呢，怕是我們此時找去也無濟於事。」他在說這話時是極度技巧的，起先的音量還低，隨著一字一句而緩緩提高，當中不見絲毫突兀，就連陸青也是愣了好一會兒才覺出不對勁來。

「明兒個再去吧，反正髮釵在那兒便跑不掉，保不准段姊也未帶在身上。」

「說得有理，那便明日再問吧。師兄，我喝高了覺得頭暈……總看著什麼都像在跳舞，搖搖晃晃的……」陸青邊說，步伐也開始紊亂，嗓子飄忽不定，的確有幾分可信。

「不是讓你別喝高的嗎？真是……」陸子衿寵溺地罵道，隨後便攙著他緩緩往屋裡走。

待房門一關上，陸青馬上不晃，敢情方才的一切皆是演戲，為的便是騙過無論真實身分為何的滅門仇人。

屋內未點上燈，是為了讓就寢一事更顯真實。陸家兄弟之間並未事先套好招數，反而全靠默契與直覺行事，若非打小一塊兒生活至今，這般知己知彼是強求也未必可得的。

謹慎起見，陸青並未因著鬆懈而喊「師兄」，而是拉扯披風示意，待他轉頭時便以眼神詢問接下來的打算。

陸子衿本也想以動作與眼神回應，可嘗試了一陣後發現知易行難，便把陸青拉到懷裡靠得奇緊，幾乎是一抬頭就要親上彼此的距離；陸青先是漲紅臉覺得渾身燥熱，可一看到陸子衿的眼神便明白是自己犯蠢了，遂斂下眼神，反覆叮囑自己「正事要緊」。

「走吧，若我沒料錯……」陸子衿倚靠在陸青耳邊低喃，除非有人也如陸青這般靠在他胸口上傾聽，否則也是聽不清的，「她定會想著法子把髮釵偷到手，今晚是最好的下手時機，她不會放過。」

「師兄、可若……」陸青磨蹭著道，絕非蓄意夾雜情慾意圖，卻是做者無心、受者有意，就見被磨蹭的一方皺起眉頭輕哼，讓他別再蹭，「可若段姊也未把髮釵帶著呢？丁姑娘說過她已許久不見那根髮釵了……」

「那便再商議。」他道即便如此，試圖盜竊這一點便已是極為有力的鐵證，抵賴不得。

聽見陸青悶聲兩聲，難得起了玩興的一方遂低下頭張嘴往他鼻尖上輕咬，流氓般的行徑引來一雙不敢置信的眼。

「別鬧脾氣，等這事告終，我們便不必日夜揪著這事不放，能安安穩穩過生活了。」

這話的意思挺明白，甚至沒有一絲一毫隱喻，陸青馬上就聽明白了，這是師兄在安撫他這陣子的動盪與吵鬧皆是其來有自，讓他別往心裡去，更別縛著不放，待這些事了結，他們倆又可回到以前的安穩日子了。

「師兄又把我當孩子。」他拗著性子埋怨，心裡卻甜滋滋的，「不鬧脾氣，青青知道分寸，定會陪著師兄到最後。」

「好，我們便陪著彼此到最後。」他心道這便是世間最甜美的誓言吧，不存一絲一毫虛假欺瞞，如涓涓細流逕自淌進心底，在這世上又有什麼比這更讓人甘願放棄一切？怕是沒有了。

他們倆倚靠在門邊相互擁抱，在大袍子底下啜吻，噘起的嘴捨不得分離，往往甫拉開少許距離又緊接著追上，淡淡酒香在反覆啄吻之間亦變得甜美誘人，陸青低喃著「師兄」二字，似裹了蜜、沾了甜那般撒嬌。

「青青……別……」

陸青畢竟年輕，親著吻著便想將手探進衣裳裡，許久未曾親密的身體亦想念這般露骨的挑逗與愛撫，可年紀虛長六歲也意味著自制力更強悍，陸子衿即便渾身發燙也還是拚盡全力驅逐這種渴望，於他而言從未如此費力過，也足見陸青在他心裡的分量。

「青青、聽話，別鬧。」他粗喘著氣道，「在別人府裡，顧忌著點。」

「嗚、嗯……」陸青被這聲柔聲勸阻打斷，也花了不少時間自制，最終當他成功克制住時，陸子衿毫不吝嗇給了他一個親吻做為鼓勵。

「青青真棒，待這事完了，回家……再繼續。」

戛然而止的情感意圖並未使氣氛變得僵硬生冷，只是大瀑布成了小急流，瀰漫在空中與每一次的吐息和眼神交換之間，陸青最終還是沒忍住地朝他頰上一吻，吻畢還嘿嘿低笑，堪稱被寵壞的小淘氣。

*

終歸還是兩個涉世未深的孩子。

她鬆了口氣，否則方才在席間光是想著該如何在眾目睽睽之下潛入房間，把那根髮釵偷出來就夠讓她煩惱得三千青絲轉白。現今倒好，段湘香忙著安頓許清彪與其他賓客們，那對兄弟也打著證據在那便跑不掉的大意心態，著實天助她也。

可即便如此，她仍是謹慎的，在陸家兄弟的房間外等了好一會兒，直至悄然無聲到有些靜得可怕時才離開。此時已是丑時三刻，萬物俱靜，方才鬧騰著的大廳也慢慢靜下來，她才放下心地走到自己與段湘香的房外，此時她有些後悔起先前怎沒提議兩人住一間便好，如此便不必這般偷偷摸摸了。

屋內並未點燈，段湘香估計今晚是不會回房睡了，思及此她不禁勾起嘴角微笑。

「真是與野漢子混久了，如今做事也粗糙。」

她並未準備任何開鎖工具，只因她知曉那位姑娘鮮少上鎖，這與在野外露宿的經驗有關，在外頭哪來的門能鎖呢？加以任何的鎖都不比自身警覺高管用。她想起每回若是在野外過夜都極度安心，因著段湘香從骨子裡便是個合格的守夜人，與陸雲一樣。

「一塊兒守夜……真好呢。」

她走進漆黑的房內，月光透過窗灑進室內，那窗上的棉紙帶著玄機，若月光夠強便能瞅見一隻隻飄然的蝴蝶影子飛舞。這般巧思也只有許清彪的夫人想得出，雖人胖又蠢，卻娶了個匠心巧藝的姑娘家，真是便宜他了。

段湘香的包袱隨意地扔在床頭，連拆開都嫌懶，她知道這人外出向來不喜多物，有時更是只拎起碎銀銅錢與長劍便作數，因此那乾扁的包袱壓根兒藏不住東西，一解開就是一朵盛開的牡丹髮釵映入眼簾。

這朵牡丹在這些年裡倍受呵護，花瓣上的鮮豔紅漆竟無一點損壞，連剝落也不見；牡丹中央的點點明黃隱隱透著香氣，她記得當年那小販說過這髮釵中央可滴入以水化開的香粉，久之便是三千髮絲飄香萬里，聞者必陶醉。

湊近鼻前一聞，果然是段湘香髮上常有的香氣，這般濃郁定不會是幾次所成，應是這十數年來不曾間斷地滴入香粉水所致。思及這髮釵於她們倆的意義，頓時又是一陣酸楚，眼淚險些要滾下臉頰。

牡丹盛開，豔冠群芳。

「當初你是憑著怎樣的心思買下這兩根髮釵的呢？」她喃喃自問，可無論她問得再熱切深情，也無人會如她所願地給予回答，於是這個問題便一直擱在她的心底，沉澱、醞釀、發酵，乃至發酸發臭……

她握緊髮釵，手背上青筋突起，若非她得留著這根完好無損的髮釵當成偽證，或許早就因著一時氣血上湧而折斷它洩恨——當一陣不妙的「喀喀」聲從掌心裡溢出，她旋即鬆開手細細端詳，無奈月光微弱瞧不出異樣，以手觸撫倒不像有事，她心想不能再久待了，天知曉自己會因此做出什麼事來。

把髮釵往懷裡揣，並將布包恢復成原本的樣子，她依著原先的路退出房間，地上飛舞的蝴蝶依舊如夢似幻，方才的一切就像未曾發生過。

「抱歉了，香姊姊，就當是借與我吧。」

她關上門正欲往自己的房間走去時，卻不料在廊上早已有人等著她了，見她錯愕地停下腳步的樣子還露出一抹微笑朝她問：「莫不是夜色太醉，妳也想著要到廊上一窺？否則這麼晚了還偷偷摸摸的，教人以為妳是在幹些竊盜般的事呢。」

第九章

「世姪們怎也還沒睡？這都四更了，再過不久便要雞啼，白日可要沒精神。」

丁萱畢竟是老江湖、見過世面，見行蹤被識破也不慌不忙，謊稱自個兒的確因著睡不好而下床散步，且將理由推託給席間的酒，說是因著喝高了才睡不沉。

「是嗎？方才席間可不見丁姨喝多少酒，莫不是聞酒也醉？」陸青雖然一半心思都掛在陸子衿身上，卻仍有一半在悄悄觀察丁萱，這一看可不得了，越看越是可疑，便想問自己是憑著什麼樣的自信說丁萱相較之下是無辜的呀？

「我可不知世姪一直在觀察我。」言下之意是她喝了多少酒便只有她自己明白，莫不是從頭盯著看的人，又怎能肯定她未喝多少呢？

「丁姨想必是喝醉了，否則又怎會進錯房間還取了不是自己的東西揣在懷裡？」

陸子衿見兩人的針鋒相對實在稚氣，遂站了出來把陸青護在身後，「丁姨懷裡的髮釵是屬於段姊的吧？」他瞇起雙眼道，雙腳亦悄悄站出馬步，大有隨時要戰的準備。

「這髮釵？」丁萱仍要裝傻，「我不是同你說了我日日帶在身邊的嗎？這是我的。」

「是嗎？無妨，髮釵在此便跑不了。」他亮出自己懷裡的那個，方才在院子裡他話中所提的其實並非丁萱手上那只，而是他懷裡這個，「待與段姊對質過便可知誰的髮釵仍在、誰的又早已損壞，況且段姊自個兒帶了什麼東西來想必是不會記混的。」

丁萱聽出了他話裡的涵義，不禁有些後悔自己太小看這兩個孩子了，原本心想他們倆極好對付，把段湘香的髮釵偷來、至多毀屍滅跡便是死無對證了，卻不料這兩人格外會作戲，就是為了引自己上勾。

「是嗎？我若毀了它，你們又要從何對質起？」

說罷，她從懷裡抓起髮釵，方才在房裡還那麼小心翼翼、生怕有一丁點毀損，如今思來更覺可笑，早知方才狠些直接出力掐斷也省了這麼多麻煩事！

兄弟倆四目相對，接著揚起微笑。

「那麼便是押著妳到陸雲的墓前與他親自對質了！」

這陣罵聲極為響亮，甚至能傳進在場每個人的腦裡引發震盪。丁萱因著這陣吼而無法克制地抖了好幾下，險些要把那根髮釵掉在地上，原因無他，這聲音的主人亦在此時站了出來，一襲暗紅衣裳、手持長劍，竟颯爽得很，比爺們還爺們。

「方才他們倆來找我時我還不信，訓斥了他們一頓，讓他們別造謠毀妳清白，卻不料妳當真摸黑來偷我髮釵？」段湘香此時仍是滿臉潮紅，酒尚未全退，因此她雖站得奇穩，卻也僅止於此了。

「香姊姊說什麼呢？這髮釵是我的，妳的不是早已丟失了嗎？」丁萱蜷縮著肩膀道。

乍看之下她是因著段湘香的出現而害怕驚懼，可陸子衿敏銳地觀察到她的雙眼正閃爍著光芒，那絕非害怕，而是充斥著算計的，他連忙低喊一聲「青青」，並以眼神示意他要留神。

「胡扯！」段湘香對此嗤之以鼻，「世姪，去把髮釵搶過來，我的髮釵上會有梨香，與我的頭髮味道是一致的。」

丁萱見狀便知如今是如何辯解也無力回天，只恨自個兒沒早些毀屍滅跡。

「不許過來！」

她眼見陸青就要衝過來，情急之下舉高髮釵對準了自己的頸際，「再過來我就刺進去，到時候我瞧你們怎麼押著我去雲哥的墓前對質！」

「搞自殘是嗎？丁萱，妳什麼意思啊？以前玩這招，如今又玩這招！」段湘香倒是不為所動，「以前雲哥會乖乖聽妳的，不代表我會！妳該清楚我的性子！世姪，快搶啊！」

陸青見丁萱面露狼狽，便聽話地朝她猛撲而去，同時雙手往前抓握試圖將髮釵抓到手裡，卻只聽見丁萱一聲低叫後往後退開一步，握著髮釵的手往下、另一隻手順勢往上猛打，把陸青的手臂硬生生擋住了！

「嗚！」

手臂被這般擊擋竟麻癢難止，足見她的手臂極其有力，陸青不敢置信地瞪著也擺出馬步蓄勢待發的丁萱，這哪裡是一介柔弱女子？只怕她認真起來還能與段湘香打得不相上下！

「何必如此執拗呢？我原本想放你們一馬的。」丁萱惋惜地說陸雲已逝，也過去這麼多年，愛恨終會淡化成水，本想若事情告一段落便不再趕盡殺絕，「知道是誰殺了陸雲就這般要緊嗎？過好自個兒的日子豈不美哉？」

「殺父之仇不共戴天！」陸青吼道，同時揚起另一隻手猛力劈下，啪！

陸青的攻勢竟又被擋了下來。

這回丁萱並非以手臂硬擋，而是以其靈巧的身軀扭了個極度詭異的角度後掙脫陸青，同時以極快的速度抽出腰間的軟劍往外使力，直接將陸青的手臂團團包住，陸青本能地往後使力想掙脫卻反而遭捆得更緊，別說掙脫，就是動作大一些也會被割出條條口子來，血液瞬間灑滿地，衣裳上也是斑紅片片。

「青青！」陸子衿情急大喊並衝了出去！

見狀，丁萱索性扔掉髮釵，從腰間取出一把小刀就往陸子衿衝來的方向猛地刺去。倘若他往前衝的速度再快一些、或是丁萱的殺心再強烈些，陸子衿便會成為這裡的第一條無辜亡魂。

陸子衿只見刺眼的銀光閃過，身體要比腦袋更快反應過來那是刀刃，因而側過身，同時臉以更大的角度歪開，這才躲過了那把小刀的突刺。

「找死！」

丁萱一個巧勁抽回軟劍，在陸青因劇痛而分神之時朝段湘香衝了過去！

段湘香早料到她會想著優先幹掉自己，從以前她便是個陰狠毒辣之人，若非陸雲死後她像轉性了般變得乖順又體貼，自己也不會接納她成為閨中知己。她總想著人心易變，卻忘了本性難移。

「哈！」

段湘香大喝一聲便要提劍，卻發現無論多用力，讓她當支撐立於地面的長劍像是生了根般文風不動，待她反應過來並非因著劍重、卻是因著身體癱軟而無力時，丁萱早已來到她的眼前並狠狠地往她腰窩上刺！

這一次她是打定了主意要奪人性命的。

段湘香先是覺察不到痛，接著劇烈的疼就像是有人拿著刀子沿著她的骨頭來回摳刮般噁心，丁萱那張人畜無害的臉依舊美豔無方，握著刀子的手卻殘忍至極，見她還沒疼暈過去甚至使力扭轉了半圈，頓時段湘香痛得臉都扭曲了，那聲慘叫竟怎樣也喊不出口。

「香姊姊別掙扎，就不會痛了。」她像在哄孩子那般柔聲勸道。

「為什麼、我的手腳……」別說使力，她連運氣也無法，就算酒喝高了也不至於如此啊！

只見丁萱微微一笑，說了句：「香姊姊以為我一點準備也沒有嗎？」

段湘香轉念一想便知是那杯濃茶加了料，不禁怒極，大喝一聲便推開丁萱！丁萱早有防備，靈巧地以腳尖點地後扭轉身軀，竟安然無恙地站在原地朝著眾人盈盈而笑。

「我只是想讓香姊姊妳睡一下，誰知道妳跟頭牛一樣？」

「丁萱！」段湘香簡直氣得雙眼充血！

如今她也不想追問那茶裡究竟加了些什麼，能將丁萱推開已是使盡自己最後一抹力氣，她也因此往後跌，所幸陸子衿眼明手快接住她，卻也能感覺到她體內的氣紊亂不堪，別說對抗，光是運氣就足以要了她的命。

段湘香亦自知身體情況，此時更不敢任意運氣，像個廢人般讓陸子衿攙扶著。

陸青甫從雙手俱麻中回過神來，見丁萱竟在陸子衿身前不過兩步之遙頓時頭暈目眩，腦袋嗡嗡直鳴，不等站穩便握緊拳頭朝她打去！握緊的拳頭並未蓄滿氣，打在丁萱肩頭上只讓她踉蹌幾步，並未負傷。

「離開他！」陸青吼道。

丁萱硬接一拳，卻也對陸青的武功招式有了頭緒，不禁仰頭大笑起來，就差嚷句「天助我也」！

陸青生怕陸子衿出事，本就心緒不寧，眼見丁萱如此癲狂更是渾身發毛，只覺這個女人怎與前兩天判若兩人？自己還險些讓她的作戲手段騙了過去，光是思及便懊惱不已。

「青青，當心腳下！」

視線往下，就見幾抹鮮紅閃爍，是朝著自己的小腿脛骨來的，陸青閃避不及，緊接著便是扎進肉裡的劇痛。那痛並不簡單，先是痛，再是痠，後則麻，他低吟一聲，雙腿有些發軟。

「妳使了什麼？」陸子衿怒道。

「沒什麼，一點我行走江湖時會用的小伎倆罷了。」

丁萱笑吟吟地從腰間解下一只束袋，袋底正詭異地鼓譟，陸子衿但覺眼熟，卻想不起來更詳細的，倒是聽見段湘香惡狠狠地低語「惡毒」。

「香姊姊好記性。」她笑著說如今把袋口解開的話不只他們，全宅裡的人都要沒命，這種蟲子嗜血肉，雖無毒性，卻會慢慢啃蝕筋肉直至飽食。

「妳這狠毒的女人。」

「是嗎？當年香姊姊受傷性命垂危，不也是靠這蟲子吸出毒血、啃掉壞死的皮肉才挽回一命？當年妳可沒罵我狠毒。」

丁萱一副受傷的樣子，陸子衿卻瞧得真切，她眼底的火焰尚未熄滅，燒得正旺！

「嗚！」

陸青此時因著劇痛而蹲下，那幾隻撲到他腿上的蟲子終是咬破了衣料，嫩肉相較之下更易啃咬，劇痛便因此而來，方才的痛痠麻只是讓人放鬆戒心，如今才是真正在啃食血肉！

「青青！」

段湘香這時一個使力，伸手扣住正著急往前衝去的世姪，手指正掐入身側的穴道，足以使人失去行動意願的極痠刺激險些將他逼出淚來。

她附在對方耳邊悄聲說方才她已用極為緩慢的速度把體內的藥效逼出少許，可餘下的仍足以癱瘓她；丁萱手上有不少底牌是未見過光的，難保她會使出連她都沒瞧過的狠招，屆時防不勝防，不如按兵不動。

陸子衿聽她所說確實有理，可……他又怎能就這般放下陸青？

段湘香明白他的顧慮，讓他想著法子把自己帶離開這裡，「把我放到他處，你無罣礙，我也可偷著時間逼毒，待我逼出便可助你。」

明白該以大局為重，陸子衿往陸青那邊掃去，無巧不巧他也正將視線往這裡拋，死死摁著傷處、眉間緊皺，短短一瞬的四目相交，就讓陸子衿安心地抱住段湘香往反方向奔馳而去！

「哪裡走？」

丁萱見陸青遲早是蟲子們的晚餐，冷笑一聲便追著兩人而去。

陸青仍摀著雙腿，那些蟲子像是許久沒進餐了，咬得正歡，且無視於他的碰觸，陸青正思索著不知能否直接把蟲子從腳上扯下時，有人阻止了他。

「千萬別，若你扯了，你會死得更快。」

陸青正詫異這聲音怎地這麼熟，一扭頭就瞧見軍戎正裝的方應歸立於院裡。說來奇特，身旁沒了方酌，他看起來便沒有那般張揚跋扈，月光灑於周身顯得極不真實，畫中仙、雲中月都不足以表達這幅景象有多詩情畫意。

方應歸踏月而行，影子在地上拉出一條長長的痕跡，直至走到陸青身旁，影子亦讓長廊頂所覆蓋，實是絕景，若是宮廷畫師在此定會忙不迭地磨墨備紙，只為將這景象於紙上重現。

「此蟲名為『蛭』，只在江蘇一帶可養活，特點是會咬著人的血肉而入，並在人體內產卵。」他讓陸青坐在地上腳抬高，那些蟲子已有泰半沒入肉中，怵目驚心，「這蟲子通體鮮紅，怕是變種，你一扯就怕連筋脈一同扯斷，屆時雙腳定會殘廢。」

「真是陰毒！」陸青恨得牙癢，巴不得現在就逮住丁萱把這些蟲子統統往她身上擱！

「呵，女人最陰毒，這道理你如今才懂？」方應歸往蟲身上戳，軟呼呼的，估計裡頭全是軟爛的血肉，「這蟲子得馬上處理，否則等你的腿肉被吃光就晚了。」

陸青急道這能怎處理，聽見得以刀一一挑掉、上藥包紮且不可妄動等新肉長出後，馬上搖頭！

「那怎麼成！我得去助師兄！」他急得雙頰漲紅，直說丁萱那女人形似瘋魔，方才追著兩人而去還不知道會做出些什麼事來，「不成不成！我得去——啊！」

方應歸瞧他遇事如此急躁，冷笑一聲後逕自往那蟲子身上戳，這一戳是往死裡去的，蟲子吃痛咬得更緊，陸青只覺得痛得都要暈過去了，見始作俑者卻還在旁觀，險些要罵人。

「年輕人，沉著點。」因戳蟲而染了一指尖血的人逕自把血抹在陸青的衣裳上，並道這蟲子也並非天下無敵，「牠有個弱點，便是薰香，只要將薰香重重薰上，牠們便會陷入沉睡。我這裡有一束，全點上能撐兩個時辰。」

他正想嚷著「有這等寶貝還不用」，方應歸卻早一步阻斷他開口。

「但這法子後果嚴重，如若你不能在兩個時辰內把這些蟲子一一挑掉，待牠們甦醒後會比如今猛烈百倍，你這雙腿我估計一個時辰不到就會見骨。」

他說得煞有其事，陸青竟被嚇得臉孔慘白。

「換句話說……」

許是他嚇傻的樣子滿足了方氏某人的虛榮心，他低笑兩聲後賣個關子，直到陸青按捺不住才再度開口，告訴他若能在兩個時辰內把事情搞定回到這裡找自己，那還有得救；反之，晚了一些些便足以造成無法挽回的後果。

「如何？你敢試嗎？」

方應歸此時在陸青眼裡竟成了魔。

無論是那副置身事外的姿態、胸有成竹的語氣與毫不勉強的問詢，都像是誘人一步步踏入陷阱的魔，無論是入或不入，都由不得自己。

陸青尚在思索，就聽方應歸悠哉地扔來一句：「你越早下決斷，就越能早些去助你心愛的師兄。」

這話輕如羽毛，落到陸青耳裡卻重似泰山。

他想起丁萱離開前的入魔模樣，又想到那段湘香形同半殘，定會拖累陸子衿……思及或許因著自己的遲疑而讓師兄受傷甚至……後頭那個可能他連想也不敢，又見著腿上的蟲子不斷蠕動，心一橫便嚷「好，我定會在兩個時辰內回來」，接著他皺起眉頭閉上眼，像是被逼著上刑臺那般決絕。

方應歸哼笑一聲，讚了聲「有志氣」，接著取出一束線香般的物體握在手中點燃。陸青竟瞧不出他是從何處取火點燃的，緊接著一股濃郁的香氣竄入鼻間，他從未有用薰香的習慣，一時有些恍惚。

只見線香到哪，那些蟲子就先是一陣激烈的抖動，接著以一端為重心蜷縮成一團。不多時痛感減弱，陸青眼睜睜看著這些蟲子成為腿上的裝飾，像是夏日裡蚊蟲叮咬的痕跡，他試著以指尖輕戳，並未引起疼痛，這些蟲子宛若死了。

「成了。」方應歸說以防萬一要讓線香燒盡，陸青卻說等不了，他不置可否，只讓陸青記著定得在兩個時辰內回來，否則性命自負。

陸青一聽，一個彈跳躍起就往前衝，那方向是通著後山去的。

方應歸瞅著陸青離去的背影竟罕見地長嘆一聲，仰起臉正視月光，眼底閃過一抹悵，曾幾何時他竟距離那般熱血直率如此遙遠了。

一陣沙沙聲響，伴隨一人靈巧落地的身影，方應歸旋即收起眼底的情緒。若說有誰是他最不樂意輕易透露這般脆弱情緒的，方酌居第二便無人敢爭第一。

「師父。」他起身喊道，「我都確認過了，房裡的只被下了微量迷香，大廳那兒的都被下了藥，我已全數餵了解藥，兩個時辰內就會慢慢醒來。」

「很好。」方應歸伸手撫過徒弟的額頭，滿手的熱汗，他有些嫌惡地往自身衣上擦，方酌將這般反常的舉動看進眼底卻沒吭聲，只因他明白師父如今正情緒激昂。

「師父，我方才瞧見陸兄弟離開，您……怎麼不與他們聯手呢？」方酌左思右想也想不透，為什麼他的師父要單幹呢？若能聯手，豈非多了不少助力，也不至於弄得如此疲憊不堪。

「聯手？別說笑了。」

「師父……」

「段湘香防我，丁萱憎我，陸子衿不信我，我手上擁有能與人聯手的籌碼太少，太不划算。」方應歸在江湖上打滾許久，還潛得奇深無比，怎可能不知就憑自己手上這一點消息還不足以與人談條件。

方酌還想說些什麼，卻看方應歸搶先一步以指尖往他的嘴上輕畫一筆，警告意味格外濃厚，方酌打小經歷，馬上住嘴不再多說。

見他這般乖覺，方應歸滿意地笑了兩聲，接著若有所思地往後山的方向瞧。

「徒兒，想去後山與美人一同看看風景嗎？」他狀似隨意地問道。

*

陸子衿扣著段湘香的腰一路施展輕功跑到後山，這是段湘香的意思，遠離宅邸的人總是安全些，後山也有諸多天然屏蔽，攻守皆易。

抬腿跨過及腰高的草堆樹叢，陸子衿聽著她的指揮左拐右轉，算是成功與丁萱拉開少許距離，他詫異於她怎會對這裡如此熟識，後者只是淡淡地說「來過幾回」，接著便讓他將自己放下。

「前頭有個隱蔽處，在兩棵樹之間，將我放在那兒吧，丁萱找不著。」她說。

「段姊，那妳躲好。」陸子衿一眼就發現她口中的「隱蔽處」，可謂天然至極，他將段湘香妥善地塞進裡頭就要轉身去與丁萱一決勝負，「她殺了我師父，即便是死，我也不能讓她逃了！」

「那好，我在這兒把餘毒逼出來，隨後便去助你。你當心，那女人擅使陰招，時時留意腳下。」

「知道了，段姊。」

陸子衿道安全為上，還花了點功夫在四周布下陷阱，雖非精妙之列卻勘使，隨後才刻意製造聲響將丁萱帶往他處。這般貼心的舉動讓段湘香極是感激，也慶幸陸雲的弟子、兒子個個出色，沒被那個女人統統滅了。

心念著要相助，她連忙定下心神運氣逼毒，一時聽不見外頭聲響，全心在與自個兒體內的毒奮戰。戰情告急，她不得不全力以對。

方才東奔西跑，無形中助長毒素蔓延，幾度運氣皆不見起色，甚至連雙腿都麻痺不已，心慌則身亂，身亂則氣紊，以至於她並未留意外頭早站了個人，直至一股熱流流進體內才猛地睜眼，待瞧清眼前之人時不禁皺眉！

「方應歸！」

於她眼前渡氣予她的的確就是方應歸。

他微皺雙眉，神情專注，恍若世間再無任何瑣事能令他分心，透過掌心流進體內的氣強勢逼人，竟硬是將那些毒素給逼得無處可逃，段湘香能感覺到方才麻痺的四肢如今已有知覺，雖仍無法動武，卻仍是一大進步。

「冷靜點。」方應歸罵道，「如此激動，只會讓毒素竄得更快，屆時華陀老人再世亦無力回天。」

他道這毒素出處難尋，且極端陰毒，他如今渡氣也只是應急之策，無法根治。

「方酌。」

「是，師父。」

段湘香見另一名少年出現，又是一愣，聽他倆的互稱竟是師徒更為訝異，無奈她得專心讓氣在體內流動，方能將毒素盡數逼往同一處，否則心亂而致毒發，實在非明智之舉。

「取我……」

「是，師父。」方酌沒等他說完便伸手往對方懷裡伸，隨後取出一顆藥丸遞予對方，如此機靈之舉讓方應歸難得展露笑容，竟是俊逸帥氣，比起當年陸雲要過之而無不及。

好半晌後，段湘香只覺身體好了泰半，正欲動作卻讓人給摁回原處，不禁大怒。

「妳想死的話儘管動。」方應歸收回雙掌，滿臉嘲諷地道，「真是沒變，一如既往的衝動。」

「閉嘴。」段湘香怒道：「唯獨不願讓你批評，你這魔頭。」

方酌聽見「魔頭」二字，下意識往師父的方向瞅，並未瞧見任何難堪後才放心地收回視線。

「呵呵，如今可是魔頭救了妳的性命。」他甩甩雙手滿臉不屑，接著不等對方反應便極迅出手點了她數個穴道，段湘香欲躲卻無處可藏，只得任人魚肉。

「我已將妳體內的毒盡數鎖在左手臂上。」他要段湘香動動手腳，是否只有左臂極麻，得到肯定答案後又道：「此法同樣治標，且只能撐一個時辰，過了一時辰後毒便會反撲，且因著得衝破穴道而出，嗜力極強，屆時妳會生不如死，巴不得我這魔頭沒救過妳。」

「一個時辰！那我得去助世侄才行……」

「省省吧，妳如今連輕功都使不出來，助？別扯後腿便好。」方應歸說起話來毫不留情，卻句句在理，堵得段湘香無話可說，只因她的確如對方所說是個半廢人，連運氣都無法，更枉論相助。

「方酌，攙著她。」他命令道，接著逕自轉身施展輕功離開，像是不樂意與段湘香共處一般。她看著在自個右邊攙扶他的青年，忍不住問道：「你受得了那魔頭的拗脾氣？」

方酌聞言，僅是好脾氣一笑，道：「師父人很好，不是魔頭，這不，他正要去相助那對師兄弟呢。」

段湘香見他字字真誠、出自肺腑，不禁有些恍惚，行走之間左臂不斷隱隱作痛，卻如方應歸所言地只在上臂做怪，到不了他處，心底突生異樣，情緒盈滿胸口，逼得她險些要吐血。

反觀陸子衿這邊，他的確靠著這招將丁萱引到林子中，巨木叢生、綠葉鬱綠，丁萱低吼一聲以軟劍砍去泰半，這才讓視線光明，她也得以瞧見陸子衿的背影，不禁冷笑一聲就要一劍劈去。

「休想！」

陸子衿從來不是莽撞的主，他刻意露出背後的破綻就是為了引她上勾，見這招得逞，他迅速閃入林間。

方才的身影竟只是殘影，這般高超的輕功實是出人意料，丁萱的軟劍統統砸在樹葉上，啪啪聲響使人不悅，她不禁罵了聲：「雜碎！」

「丁萱，妳殺了我師父，今日要妳陪葬！」

陸子衿心想自己既不如段湘香那般熟識地形，那便妥善利用這叢生的樹木隱蔽身形求突破吧！縱使無法立即退敵，也能爭取少許贏面。陸子衿雖沒有把握自己的體力能苦撐到幾時，卻也明白今時今日他勢必得孤軍奮戰了。

不知陸青的傷口要不要緊？他有些心焦，想著丁萱那般歹毒，那蟲子定非善類，得快些回去才成。

「陪葬？哈哈！」

就這一刻的分神，丁萱猛然衝至他眼前，揚起劍就是一記狠劈！

「唔！」

那軟劍乍看之下柔和無比，實際耍起來卻是不見血誓不罷休，陸子衿一時不察就讓丁萱得逞，手臂被劃出一道口子，鮮血噴濺，襯著夜空的明月竟格外詩意，頗有「月光紅焰影參差」之美。

手臂上的劇痛反讓陸子衿回過神來，他猛地以劍格擋，丁萱的軟劍柔若無骨，就沿著他的長劍彎彎繞繞攀延而上，最後陸子衿發現自個兒的劍竟受制於人，丁萱也驚覺軟劍在這疊繞中錯骨而疊，抽回不能。

這時，陸子衿摧使內力蓄於雙臂，心想既然抽不回，那就別讓對方得逞！

「算你有幾分功夫，世姪。」丁萱嬌俏一笑，竟撒手放棄了軟劍！

「什！」

陸子衿沒料準這女人竟會如此，一時不察便與兩把劍同時往後跌，丁萱則在此時伸出手掌往前一揮，熟悉的紅色蟲子再度現身，陸子衿這回有了防備，一把抓起下襬當盾使，這些蟲子沾上布料後他迅速割破布料往外扔！

「反應不錯，世姪。」丁萱看那些蟲子沒得逞也不心疼，反正這些寶貝她還有很多，這回出門只帶了少許，「雲哥應是把大部分功夫都傳給了你吧？瞧你的內功與雲哥的如出一轍，名師出高徒哪。」

陸子衿警戒地盯著她，也沒心思撥開兩把劍，生怕又一個不留神連命也搭上了。

「只是可惜，你可知陸家內功有個致命的剋星嗎？」

「是什麼？」陸子衿皺眉，心裡明白這是丁萱欺敵的手段，卻仍無法克制地想知道。

「雲哥的內功正好被我江南繡坊的外功剋。」丁萱得意一笑，也說明了為什麼她總是一副胸有成竹的姿態，便是因著這理，「你家內功首重通、蓄、打，以奪人性命為主，而我家的外功則能斷你的蓄氣，進而打亂你的內力通暢，更激進點說……便是……

「你贏不過我，世姪。哈哈哈……」

丁萱的宣告伴隨尖厲駭人的狂笑，興許在她心中只覺得這場貓捉老鼠的遊戲格外引人發笑吧。

「贏不了妳，也不能放過妳！」陸子衿可不是容易被勸退的人，骨子裡他比陸青更加激進、堅毅且果敢，越是遭遇挫折反越勇。

「那便試試看吧！」

丁萱從腰間抽出第二把軟劍，這說明了她為何能如此乾脆放棄前一把軟劍的緣由，自始至終她都是有所準備的。

她扭腰踏步，竟是一招「落雁訣」，在江湖上與「沉魚譜」並稱兩大軟劍劍法，能將此功運用到爐火純青的屈指可數，江南繡坊便是其中之一。

陸子衿不敢輕敵，只因陸雲告訴過他這招劍訣與名字恰恰相反，名字有多美、招便有多狠！

軟劍在空中擺動，丁萱的步伐由一開始的輕盈豔麗轉為激進狠辣，朝陸子衿刺去的每一劍都是瞧準了要害的。陸子衿則一招招狼狽地躲開，竟找不到發暗器的時機。丁萱無意拖長時間，越快解決這人越好，回過頭去找到段湘香將其滅口，再替陸青收屍，豈不美哉。

「去與你師父相見吧！」

丁萱低吼一聲，軟劍筆直地朝前突刺，眼看極好躲開，那劍卻像是有靈性，刺到一半竟轉了向，陸子衿本就躲得狼狽，又眼看劍要朝自個兒的眼窩刺來，無可奈何之下閉上眼，心理千百迴轉，已有了盤算。

劍刺進眼窩的痛於他而言是個提醒。

他想著待痛蔓延，便要抓著那軟劍欺進丁萱，抱持著同歸於盡想法的他甚至已抓緊在懷裡的暗器，就待時機到來——

「鏘！」

陸子衿猛地睜眼。

痛覺並無到來，軟劍也偏離了往眼窩刺來的弧線，待他凝神細瞧，竟看見陸青就擋在自個兒身前，方才那聲刺耳的聲響便是他用護腕強行擋下並推開軟劍的聲音，心知那一劍有多狠，他連忙抓過陸青的手臂查看，果然護腕上已見裂痕。

他還沒來得及喊聲，陸青便以護腕為軸心狠狠捲起軟劍，一時主動與被動易主，陸青成了進攻的一方，倒是丁萱猝不及防，只來得及握緊軟劍，卻無法挽救而被猛地拉近了距離。

「為什——」陸青不是應該在原處等死了嗎？

「離我師兄遠點！」

陸青一陣大吼，竟是蓄了內力，丁萱在近距離之下哪受得了，只覺得胸口一陣悶疼，耳朵與腦袋都痛得嗡嗡作響，手掌握力突失，陸青則順勢捲走軟劍，並護著陸子衿往後一退數步。

「青青，你的腳！」還記得丁萱說那蟲子是吃血肉的，陸子衿關心情切，若非情況不允許，他都要蹲下去瞧了。

「沒事！」陸青嘿嘿一笑，「這蟲子睡著了。師兄沒事吧？」瞅見他的手臂一片血紅，陸青氣得雙眼充血，只恨方才沒直接把丁萱打得跪地求饒！

丁萱頓失軟劍又讓他的吼聲貫穿腦袋，竟有些站不穩，看見那些蜷曲成一團的蟲子時不禁怒吼，「方應歸來了是嗎？普天之下只有他懂得用香薰這一招！可恨！」

按著臂上傷口之人亦皺起眉頭，「是他嗎，青青？」

「正是，師兄，他用線香替我爭取了時辰，讓我得以來助你！」

丁萱聽出他話中的信任與慶幸，先是覺得可笑，而後再也忍不住地大笑起來。她這一笑讓林中的鳥兒鼓譟不安，陸氏兄弟也有些不安地縮起肩膀，陸子衿更是直接把暗器捏在手上，做出隨時都可射出的手勢，渾身神經緊繃，任何一丁點風吹草動都意味著攻擊與反擊！

「你們追殺我，卻受方應歸的幫助，哈哈哈……天下竟有這等事！哈哈哈……」

陸子衿聽出她話裡的異樣，便揚聲問她那話是什麼意思。

「方應歸的罪孽不比我小，你們師父會死他也有脫離不了關係！」丁萱笑得眼淚溢出，卻不見絲毫歡快，那是種帶著質問與極端痛楚的狂笑，距離入魔僅有一步之遙。

這個消息特別震撼，兩人互看一眼，一下子竟拿不定主意。陸子衿畢竟是年紀稍長的一方，錯愕過後迅速拿了主意，揚聲朝她說：「即便如此，我們也會去找方應歸問個清楚！」

「你問他就答嗎？蠢貨！方應歸那人深不可測，否則這些年我怎地會防著他？」丁萱只覺委屈，「即便是我親手殺了他們，方應歸也是元凶！是元凶啊！你們卻受著他的幫助來殺我，這有公理道義嗎！」

「殺人者又談什麼公理道義！」陸青只道她是蓄意栽贓，如今見毫無生路就打算拉個墊背的，最是卑鄙！

「你們會後悔的！後悔受他的幫助來殺我！受死！」

丁萱早已失去理智，也顧不得手段花招或劍法，身上所有的就只剩下暗器，抄起兩枚就往兄弟二人身上射去！

那暗器形似柳葉，質地輕巧，竟一絲聲響也無。陸青仗著護腕在身，左右手各擋下一枚，接著俐落一推讓陸子衿站遠些，以免被這女人的癲狂攻擊波及。

「虎步！」

陸子衿本就更擅於此，站得遠些更看得清，遂安心朝陸青下指令，末了不忘補上一句：「像平日那樣。」

若與平常無異，便不必心驚受怕，只因一切尋常。

陸青聽出了話中的關切，遂提起精神彎腰撒開腿，擺出老虎捕食獵物般的姿態，又聽見耳邊一聲「直攻旁取」，雙臂打直後微彎就往前俯衝！

丁萱見狀，只恨怎就讓兩把軟劍都脫了手，遂揚起雙袖以精妙舞姿擾亂視線；陸青確著了道，蓄滿氣力的雙拳有剎那鬆了些，就這一著，讓丁萱偷著了空檔。

「後生！」她大笑一聲，雙手往後拉再轉置身側，兩枚暗器於夜空中閃閃發光！

陸子衿的角度正巧將這景盡收眼底，情急之下雙手已先行擺動，掌心上的暗器硬聲而出，一枚射中了丁萱的手腕，疼得她哀號不已，另一枚卻撲了空逕自插入泥中，與陸青吃痛的叫聲同時響起。

「青！」

「別！」陸青知道陸子衿定會因著擔心自己而衝上前來，連忙怒聲喝止，低頭看見腰側上一枚柳葉鏢，只露了一半在外，另一半牽制著血肉，一旦他動靜大些便要他痛得撕心裂肺！

丁萱見機不可失，撒開腳步往他逼近，掄起未中暗器的手就要往陸青眼上砸！她的手上不知何時藏了如卵蛋般大的石子，這一記砸下去別說意識，或許連性命都要交代在這裡。但她這一招即便瞧得見也難以躲開，何況陸青一邊疼痛、一邊又怕師兄擔憂情切，一心多用，哪能全心提防？

「躲！」

陸子衿大聲警告，卻來不及。

耳邊刺風颳過，分不清是手在空中揮下或是適時颳起的風聲，刺進耳中著實疼痛難當，陸青自知躲不過，便扭身舉起手臂擋在耳邊，心底盤算的是先讓丁萱得手一回，一旦距離拉近就是他的天下！

這招算盤打得不算精，卻夠險，夠險的招往往能絕處逢生。

那石子的確打中了陸青的腦袋，還是往死裡打的，陸青眼前因此起了黑霧，當中銀光閃爍，教人反應不及；可石子雖擊中了腦袋，對方的手腕卻被陸青的護腕震了一下，狠度竟硬生生打了折扣，原先應會頭破血流魂歸西，如今卻只是眼冒金星頭腦暈。

「等到了！」

陸青猛地伸手扣住丁萱的手腕，拇指狠狠掐進軟處扣著手筋不讓她逃，讓她頭皮發麻的疼痛像炸彈一般炸開，想叫卻叫不出聲。

犧牲自己而換來的突破口格外珍稀，他一旦瞅著便死死拽住不放，一個用力將丁萱扯下地後摁在地上掐住脖子。本來這招是可以一舉拿下她的，可那一擊到底還是傷著了，陸青眼前金星仍冒，丁萱見他狀似痛苦，竟執暗器朝他的眼睛刺去！

「啊！」

「不！」

這一招是真真切切陰毒至極。

陸青猛力別開臉卻仍著了道，甚至痛得鬆了手，卻再也瞧不見眼前的一切，任憑他如何眨眼都只是一片漆黑，光影造成的明暗於他而言即是未知，他不得不繃緊全身的神經。可心底一旦怯戰便不再所向無敵，陸青此時已是半個傷者。

「可惡！」

陸子衿一連射出幾枚暗器，均朝著丁萱的要害打，她只得被迫往後退開，陸子衿則見隙衝上前把陸青撈起，見他連抱緊自己都有剎那的遲疑與伸手撲抓的姿態就心上劇痛，對丁萱的恨更是深得無法估量。

「青青！」他像要哭出來一般大喊，喊得那麼悲愴，教人無不動容。

「師兄、師兄——」

陸子衿見他如此，毅然摟緊陸青就往他處跑，懷中人因著失明而驚魂未定，揪著他的衣領不斷嚷，他曾幾何時瞧陸青如此脆弱過？陸子衿心疼極，也實實地恨上了丁萱。

他尋了個隱密處讓陸青躲避，心道如今陸青眼不能視，便只能靠自個兒與丁萱一決生死，卻在轉身要離開時被狠狠扯住衣袖，扭頭就見陸青緊閉著眼，雖尋不著目標卻仍使勁留住他的樣子悲壯至極。

「師兄別去，你敵不過她的。」陸青與她來往數招，自是明白她的武功程度，陸子衿與她對上只怕凶多吉少。

「可也不能坐以待斃！」陸子衿復仇心切，竟有悲壯赴死之意，「青青別動，我瞧瞧你的傷。」

他用了數種方式檢查後道陸青的眼睛應該不是真瞎，只是受到重擊之故，可依舊不能掉以輕心，「方應歸不可信，你別找他，師兄把丁萱引開，你便摸著原路回去——」

「師兄！」陸青簡直不敢置信，急得都要哭出來了，「師兄，你我獨力都無法將丁萱拿下，這是送死！」

「青青……」陸子衿又何嘗不懂這層道理呢？

耳邊冷風呼嘯而過，兩人生怕是丁萱找來，遂往穴裡靠得更近，陸子衿這時方能感受到陸青身體震顫得有多無助，若往心底說他是不會在這種時刻離開陸青的，可如今情勢危急，比起他們倆都交代在這裡，還不如一人犧牲便罷！

「若師兄死，我也不會獨活。」陸青咬著牙悲痛道，「我不會讓師兄去送死，我們得一起！」

「別使性子！」陸子衿只當他在胡鬧，卻瞅見他的眼流下淚水，竟也跟著哽咽。

兩人依偎在一塊兒，陸青揪著陸子衿衣袖的手死不放開。他起先確實是怯戰的，雙眼失能、頓失依靠，任誰都要自覺無法可使，可當陸子衿拚盡全力護住他時，那丁點怯懦又迅速被喝退了，他怎就忘了自己不是一個人？他得護著師兄、得替親爹報仇，怎能在此示弱？

不過就是少了雙眼，還能更糟嗎？

「師兄……」

「你說得對，我們倆都敵不過丁萱。」陸子衿突然道。

陸青本能地抬頭，卻忘了自個兒瞧不見，只能聽著聲音判斷位置，這時他的獸性本能起了作用，讓他猛地將陸子衿護到身後，雙拳看似毫無目標地往外重擊，就聽見一聲低吟，竟是丁萱尋著了他們倆正欲偷襲，卻不料陸青失了雙眼，五感竟猛地提升，能夠察覺她的意圖。

陸子衿怒急，朝她扔去兩枚暗器，一枚正中肩膀、另一枚讓她躲了開去，他則趁此機會抱著陸青離開。

三人在林子中一前一後奔跑著，前頭的怕被追上，只能不斷以樹木枝枒當遮掩，後頭的即便負傷也窮追不捨。陸青在冷風中竟思及一件事，不禁露出微笑。

「師兄，有了！」他被陸子衿抱在懷裡，要說些悄悄話易如反掌，「鬼抓人！」

「什麼？」

「記得小時候我們倆的遊戲嗎？我蒙眼、聽你令？」

這時丁萱又要朝他們倆撲來，陸子衿連忙抱起陸青就往旁邊跳，成功躲開丁萱的暗器，身體卻逐漸疲憊，幸而那枚暗器是擦著他的下襬而過，若是再這般追逐下去，興許他連明刀都要躲不過，更別提暗箭。

「記得，可……」

「師兄，這便是鬼抓人！」陸青伸手蓋住雙眼，的確像是蒙上了塊布，不見光明，「一會兒我聽你的，你瞧著讓我打，我們一起報仇！」

這一遮，時光頓時回到童年，那時陸子衿為了讓陸青養成機警本能，便讓他玩這變過招的鬼抓人，陸青玩得起勁，日日纏著要玩，卻不料這法竟在這時派上了用場。

「記著，信我，你我生命一體，有我有你，無你無我！」

陸青說完便朝他的唇上一點，在誰都沒反應過來的當口許下共生同死的承諾，陸子衿竟在這般高漲的情緒中熱淚盈眶，卻也明白此刻無餘力應付這等情緒，遂強行壓下，同時縱身一躍上樹並在其中來回穿梭隱匿身形，專心一志地盯著丁萱的舉動，其餘的一概屏除！

「虎步！」

陸青迅速站穩，眼瞼仍不安地顫動。

「虎拳！」

雙拳聽令握緊，指甲並未拳收進掌心，比擬猛虎之爪，銳利難收。

「自尋死路！」

丁萱見他們倆竟玩起這般一人聽一人打的遊戲，不禁打從內心感到可笑，這不是明擺著把生命奉上給她嘛！心中一思量，竟起了陪著玩一把的念頭，於是她刻意不往陸青的痛處打，而是在他身邊繞著玩，眼看就要打到了卻馬上退開，讓陸子衿氣得牙癢。

「世姪，玩夠了嗎？」

她笑著逗弄陸青，一會兒讓衣袖往他的臉上撫去，一會兒又用雙腳在地上踩踏落葉做出細碎綿延的聲響擾亂他。

陸子衿知曉那些都是玩鬧的把戲，卻不忍見陸青一次次被人逗弄卻無力反擊，這一來一往的精神緊繃與放鬆足以逼瘋任何人。

對陸青而言，這段貓逗老鼠的戲耍同樣難以忍耐。他幾度想回擊，卻記著陸子衿的話而不敢動，無論是衣袖撫臉或以假亂真的動靜都沒能讓他動搖，一旦想起那句「有我有你，無你無我」，他便無論如何也不敢妄動，就等陸子衿的命令——陸子衿的眼，如今正聚精會神地抓丁萱的弱點呢！

丁萱玩了一會兒，見陸青竟執拗地以守為攻，不禁覺得煩，哼哼的笑聲開始夾帶殺意，陸子衿連要陸青小心都不敢說，就怕讓陸青陷入危險，一雙眼更緊迫盯人地看著丁萱的一舉一動，自是不會漏看丁萱以拇指扣著一串花瓣形狀的暗器要往陸青頭頂刺去的企圖！

「舉右手護頭曲左腳左手撐地！」

他急切地大吼，陸青也迅速照做，這一搭配無間竟真的擋下了丁萱的首波攻擊，當那些暗器一一打在護腕上引來陣陣麻痺感時陸青是興奮至極的，這招真有奇用！方才忍著便是為了此時此刻！

「右手擒拿左手護胸！虎步站穩！」

陸子衿再度下令，他瞧見丁萱另隻手亦不安分，便讓陸青率先以擒拿手制住她，左手護胸倒是預防之舉，幸好丁萱沒朝他的胸口進攻。

丁萱一連兩招被破解，不禁氣得眼角直顫，這會兒也不敢再小覷他們倆，可身上的暗器使著使著也所剩不多，竟只餘下兩串斷腸柳葉鏢。

「可恨！」她何時如此狼狽過？還鬥得只剩下最後兩次機會，心底盛怒，遂不再吱聲，也不再孩子心性，掏出一串柳葉鏢就往陸青的腹部直攻而去！

「跳開！」

陸青照辦迅速跳開，卻仍躲不開全部的暗器。那斷腸柳葉鏢之所以以串記數，便是因著一旦射出就是七枚連環，一枚接著一枚，若非早有準備或已有經驗，斷不可能完全躲過。陸青的雙眼無用，陸子衿的指令也缺失，自然躲不過。

「嗚！」

他瞧不見有幾枚刺進腹中或僅只是擦過，痛覺皆一般強烈，他卻明白此刻不能關心傷勢，低嚎一聲後又提起精神等待陸子衿的下一步指令，卻不知自己這模樣瞧在有心人眼中可是痛徹心扉，那般逞強、堅毅、執拗與不輕易言敗的姿態全繫在一句話上。

有我有你，無你無我。

陸子衿不知丁萱已然走到末路，他一心掛念著陸青，心疼又不捨，哪可能知曉對方其實只剩下一串暗器鏢的機會？他眼看丁萱又要揚起手發射暗器，心下一急，只因他無論如何算計也無法讓陸青安然地躲過那串鏢，情急之下只得俯身衝出，讓自己擋在陸青面前！

「青青！」

他是豁出去的。

那七枚暗器接連射在陸子衿的背上，他的哀號聲聽在陸青耳中無比尖銳，每一聲都是一道刺，逕自往最柔軟的心窩上扎，加以陸子衿本就身弱，即便暗器都未傷在要害處也難免渾身癱軟，陸青被這狀況徹底嚇著了，雙眼因著過度悲痛與憤怒而奪回片刻清明，憑藉著模糊不清的搖晃黑影，他一把扯出腹上的暗器就往眼前的黑影執去！

此招出其不意，即便丁萱早瞧見銀光閃爍而向後退開，仍是躲不過這一記致命反撲。

啪、啪啪、啪啪！一連數聲，陸青只道是丁萱的衣裳讓他的暗器射穿，卻不料他竟在此番情況下領略了陸雲生前絕學「九破」的入門，那數聲異樣便是葉片讓暗器連番射穿而有，陸子衿倒在陸青懷中，雖痛卻仍瞧得真切，不禁備感安慰，卻也在鬆口氣的瞬間渾身疼痛，一口血吐不出來，如鯁在喉。

「啊！啊、我的眼睛！啊！」

那只暗器的去處竟是丁萱的右眼。

方才她瞧陸子衿被自己的暗器打得癱軟半死，心裡大喜，便想著趁這個機會一口氣了結兩人，卻不料當她靠近時卻正巧與陸青的暫時清明對上，陸青的攻勢又是不要命、憑著無你沒我的玉石俱焚心態而去，丁萱躲得了致命一擊，卻躲不了以眼還眼。

「去死！」

陸青循著慘叫而去，抓起一旁的大石就要往丁萱臉上砸，最好能將她的臉砸得一團模糊！

如今他不是為了替父親陸雲報仇，卻是為著在他懷裡癱軟的摯愛而打，殺父之仇、滅門之罪都不及傷他師兄更讓他盛怒，這般恨與怒足以讓他忘卻一切江湖道德，務求百倍奉還尚不罷休——

千鈞一髮，他的手背被接連幾下的刺痛喚回神智，可那大石仍是煞不住車，方酌無可奈何，只能以手去擋，下場便是他的手背血肉模糊，丁萱則撿回一條命。

「陸兄弟！」

方酌焦急地喊，顧不得手背上的傷就往陸子衿身上的穴道點去，那些暗器都是淬了毒的，一旦擦過身體便會染上，陸青腹上的幾枚也是如此。

陸青起先還沒認出方酌，待他不斷喊「陸兄弟」時才緩緩冷靜下來，雙眼也因著這般再度回歸黑暗。

「沒事了。」方酌極力向他保證，且說只是點他穴道防毒蔓延，陸青這才不再反抗。

「我師兄呢？我師兄！」

陸青睜大著眼問，不顧自個兒眼睛卻只是問著懷裡人的狀況，這般深刻的情感讓方酌甚是感動，再三向他保證陸子衿只是暈過去，性命無虞。

「真的嗎？師兄……」他啞著嗓子哭，說不清是難受或是放鬆的哭嚎，讓方酌又是一陣不忍。

丁萱瞧著眼前一幕還驚魂未定，突然一人從她背後狠狠踩下，逼得她臉部著地，吃了滿嘴泥沙，模樣有多狼狽早已不是言語可傳達的。而對女人也這般毫不留情的非方應歸莫屬，此時此刻他正以師門壓頂功狠狠踩在丁萱背上，她一掙扎就再痛踩，直到她無力再動為止。

「勸妳安分點，我對女人如何妳是知道的。」方應歸冷道。

丁萱自然明白，可任是她想反抗卻也無力，方應歸對她真是毫不留情，剛才幾下踩踏竟是封了她的四肢穴道，一旦她想使力便會遭自身反噬，疼痛不堪，無疑是場折磨。

段湘香虛弱地靠在近處的樹幹邊，見丁萱狼狽如斯不禁心下一陣爽快，可她渾身無力，光是在方酌的攙扶下來到這裡已是十分難得，即便不喜方應歸，卻更憎丁萱，恨不得食肉寢皮！

「世侄，對不住，這毒太厲害，我盡全力逼仍是無濟於事……」她緩緩走近兩人，語氣歉疚不已，見陸青雙眼無神地朝自己看更是險些要衝過去手刃丁萱！

「段姊沒事便好，這女人太厲害，妳來想必也討不了多少便宜，避開甚好。」他抱緊陸子衿，感受他的心跳尚存，絲毫不曾把心思放在自個兒身上，連腿上開始隱隱作疼也不曾回神。

方應歸冷笑數聲，確認丁萱無法做亂後抬眼看向陸青，那小子腿上的蟲正以幾不可聞的動作扭動。見狀，他只是淡淡地讓方酉把陸子衿抱起，自己則花了點力氣封住丁萱的穴道，再以獨門繩索緊緊縛住她，待一切都搞定後才走到陸青眼前揮舞手掌，陸青會跟著黑影擺頭，卻無助得很。

「兩個時辰快到了，小子。」方應歸道。

此時一陣強風颳過，宛如回應，地上的葉片隨風飄動、旋轉後落下，正巧落在丁萱眼前，一、二、三……正好八片綠葉，與丁萱那隻鮮血直流的瞳孔正是「九破」之果。

「呵呵……嗚……」丁萱又笑又哭，誰也不知她透過這八片綠葉孔洞瞧見了陸雲，那是她一生都得不到、窮盡一切也無緣的愛。

第十章

丁萱是真瘋了。

方應歸對她當真是能狠則狠，從擊倒到綑綁扭送官府毫不講情面，看似有不共戴天之仇，若非陸青極力阻擋，興許他早已下毒手。

段湘香的毒最嚴重，因此在半途由方酌接手押進官府，方應歸則兌現諾言替她解毒，在此之前他已緊急替陸氏兄弟做了處置。

陸子衿的傷勢不重，除去暗器、以方應歸的膏藥妥善敷上療養數日後均已見著嫩肉，身體也健康得很，還能守在陸青的床邊照顧他。

陸青的傷勢可就要嚴重得多了。

他的失明雖只是暫時，卻刻不容緩，方應歸替段湘香逼出七成八的毒素後改以湯藥接手，只因陸青更加危急，使盡全力搶救，幾乎要把自己的命也搭了進去，連著三日三夜渡氣與他，這才把視力從鬼門關拉了回來，卻也叮囑陸子衿這一、兩個月別拆下他的布巾，他需要妥善的休養才能讓雙眼恢復清明。

「沒事，他年輕力壯的，能有什麼事？休養一會兒便好。」

方酉也幫著安慰，甚至求著師父讓他多待些時日，煮些營養美味的吃食讓這對兄弟養傷用，登時方應歸就不悅起來，方酉連道「師父也辛苦，得多補補」，適才不予計較。

至於丁萱，就沒那麼好運氣了。

她的眼睛是毀定了，方應歸沒那麼好心救她，甚至以內功將她的武功毀去大半，她如今已是個半廢人，只能被鎖在牢裡動彈不得，也因著方應歸的狠心無情而癲狂無狀，時好時壞。

陸子衿曾去看過她一回，正好趕上她好些的時候，得以問出些線索來。

原來，當年她與段湘香都曾對陸雲芳心暗許。一道遊歷結束後，丁萱一直想著陸雲會來娶她，起初虛假的諾言在一次次重複念想下竟成了真實，為此她想盡辦法當上江南繡坊的當家，就只為了讓陸雲來娶她時能襯得起他，卻不料她等到的消息卻是陸雲另娶他人。

盛怒之下，她找上段湘香訴苦。段湘香卻在這一年之間完全成為江湖兒女，對於失戀這回事並不掛懷，只是遺憾，加以當時她正忙著追查兄弟死因，丁萱的不依不撓讓人反感，她只好找個藉口打發了丁萱，卻不料丁萱會走上復仇的道路。

「許是那時候她就已入魔了。」段湘香事後回憶道，只恨當時自個兒沒再多點耐心勸下她。

丁萱後來就找上了陸雲，當時她仍抱著一絲希望能共結連理，陸雲卻狠狠地拒絕了她，盛怒之下她便依計放火燒了屋子，還殺了陸雲一家，臨走前一時沒留意，把陸雲送給她的髮釵落在當場，事後她想尋也尋不回來了。

「死有餘辜。」方應歸對她毫不同情。

陸子衿知道這事算是結了，丁萱即便沒被判刑也是個廢人，除了依靠他人之外，已無法自理，也算是得到應有的報應了。他凝視著那張曾經美麗的臉孔，不禁一陣唏噓，並非覺得遺憾，卻也沒有太多報仇的快感。

這般執拗地追查，真是對的嗎？

丁萱所說的方應歸也是凶手，又意味著什麼呢？

數個夜裡他顧陸青顧得累了便趴在床邊睡去，然而這些念頭卻縈繞著他不曾離去。

「青青，師兄這麼做……真是對的嗎？」他好茫然、好無助，卻只敢在夜深人靜之時示弱。陸青傷勢未好，沒道理讓他更不安。

可誰料到，陸青壓根兒沒有睡。

他的眼睛上蒙著塊布，似睡非睡可以假亂真。陸子衿也只是瞧著夜色已黑，他又躺著不動便以為他睡了，不知方才那些自言自語都讓陸青聽了去。

「師兄，能讓我握著手嗎？」陸青伸手抓握卻一無所獲，只好開口要求。

陸子衿馬上牽住他，溫度有些高，方應歸說過這幾天若這般都屬正常，總得給身體一些恢復的時間，只是都過兩天了還這般高，著實讓他心疼。

「師兄，這兩日都聽你鬱鬱不樂，是怎麼了？若是照顧我太累……」

「別瞎說。」陸子衿輕聲罵道，「餓嗎？還是渴？會不會熱？瞧你一身都是汗……」

「師兄。」陸青即使是蒙著眼也能想像他如今的表情，定是憂慮且煩心的，眉頭還會緊緊皺起。一想到這裡他便忍不住伸手想摸摸陸子衿的眉間，果然是皺著的，這讓他笑出聲來，格外歡快。

「我都好，不特別需要什麼，倒是師兄方才叨念的我都聽見了。」他的手一緊一鬆地握，像孩子在撒嬌，「師兄是後悔了嗎？」

「嗯……青青，我只是……不若我所想像的那般快活。我原以為找著了真凶替師父報仇，我理應會開心的，可從丁萱入獄至今，我竟無一絲快活，我想到若不是我堅持要報仇，也不至於讓你這般……一想到或許你會因此而失明……我便內疚得睡不著。」

陸青聽著這些肺腑之言，並未馬上回答對或不對，而是握緊他的手進而將他整個人抱進懷中，陸子衿不得已只得跟著爬上床與他躺在一塊兒。

「師兄，其實我是不想報仇的。」陸青這時也不再扯謊了，以前他總想著不能讓師兄傷心難過，遂順著師兄的心願說想報仇，可那些到底不是真心的，「我對爹娘的記憶已經很淺了，於我而言，師兄才是我的父母……師兄，師兄——」

他感受到懷中的人在瞬間變得僵硬，壓根兒不必猜便知是自己的肺腑之言被對方誤解了。

「我並非不對他們遇害而難過傷心甚至憤怒，只是相較於此，師兄於我而言更要緊。」

陸清道這些年兩人相依為命，早已將他當成自個兒的生命，比起報仇，他更在乎師兄的喜悅與幸福，為此他樂意違背心意順著他的話說，只為了讓他開心。

「如若師兄不開心，那我想……許是師兄想報仇的心意並非是原本那般，而是有更深的其他理由吧？」

陸子衿被這問話堵住了嘴，竟無法言語。

他想報仇，是為了讓師父師母在地下能安息……可如若是這般，他理應舒心，那麼一直堅持他走下來的又會是什麼呢？

「我想，師兄也許是為了我吧。」陸青嘿嘿笑道，「你甚至願意以不報仇為交換，就為了換我平安無事，不是嗎？」末了他還悄悄問了句自個兒的臉是否紅得不像話，竟是因著這般自戀自大的誑語而害臊起來。

這話聽起來特別有理，甚至無法反駁，陸子衿左思右想也無更好的解釋，然而更往更深一些去想，也許陸青說得對，這些執著與堅持，其實都是為了讓那人明白正因著他的恨與仇，讓一個本應開心過活的孩子要承受這些磨難與苦楚，這該是一件多深的罪孽，值得那人花一輩子去償還！

一旦想開，胸膛便豁然開朗不再沉悶，陸子衿讓陸青把臉埋在自己胸前，低聲問他會不會責怪自己一心都掛在復仇上，反而忽略了更該珍惜的其他事物、甚至是人？

「如若師兄從今往後——」陸青揚起臉，憑藉著記憶與摸索往他的脣上印下一吻，「都只有我，那便好了。」

「青青……從今往後，便只有你，師兄保證。」

那晚他摟著陸青入睡，一面唱歌哄他，一面隔著眼睛上的棉布親吻他，逗得陸青直嚷他壞心，哪有這般逗人卻不讓更進一步的？

「等我好了，定要師兄向我討饒。」

陸青執拗地說著，惹來一陣憐愛的輕笑與更多的親吻，個個都落在心上，暖著呢。

將養後，陸青的眼睛不再一片模糊，兩人商討著便去像許清標道謝與道別，一別故居一月有餘，想家得很，許清標縱使不捨也笑著抱抱他倆，直說有機會的話再去探望他們。

告別許清標，他們又朝段湘香居住的廂房走去，不料裡頭早已有旁人。

「毒已盡退。」方應歸正在替段湘香診治，據他所言那毒特別厲害，得一連觀察半個月才能確定是否毫無疑慮，如今半月之期已到，方應歸細查之下告知仍不可大意，若這數月內有感身體不適，盡速派人來找，若非遠在天邊，定會前往赴約。

「怎麼？仍不肯讓魔頭治病？」方應歸瞧她眼神不善，遂諷刺問道。

「不，我很感謝你這陣子日日來訪照看，即使我以前處處與你針鋒相對，甚至險些害你……」

「呵，這倒算是進步，已會反省。」他嘴上不饒人，說起話來字字帶刺。

幸好，段湘香性子直爽，況且這陣子以來的確受他照撫，想起以前的事，只讓他言語上刺個幾刀還算得了便宜。

「我以為你會像對待丁萱那樣對我見死不救。」她咳了兩聲道。

「為什麼？」

「你不恨我嗎？我以前那般對待你！」

「不恨。」無視於她訝異的眼神，一抹淺笑浮現嘴角，方應歸到底是個笑起來風情萬千的男人，無論何時都是，而此時此刻他正用那張足以迷惑眾生的俊臉開口問道：「我以為妳比較恨我，跟丁萱一樣，否則我也不會追查了十八年都毫無成果。」

段湘香先是一陣沉默，呼吸也變得既淺又緩，顯得侷促不安，即便迅速恢復也沒能逃過方應歸的雙眼。

「我是恨你。」她心想到了此刻也不必隱瞞，終歸是件早已過去的事，「我恨你跟你的義姊就這般進入雲哥的生活，若不是你倆，雲哥興許如今都還活著，也許……也許我還有那麼一點機會……」

這定是段湘香的肺腑之言。

在訴說這些話語之時，她的雙眼盈滿淚水，許是忍了十數年之故，一旦潰堤便無法阻擋。

「可恨著恨著，我卻也感激你。」她猛地抬起頭，不若尋常姑娘家那般以巾帕拭去淚水而是任憑滑落，這般真性情放眼江湖也見不著幾人有，「早早斷了念想，也好過像丁萱那般作繭自縛，最後墮入邪道，走火入魔到如斯境界……」

「那是自作自受。」方應歸向來不同情自我毀滅之人，「若不是因為椿姊受害，我也不會執拗尋找真凶，如今總算能好好睡上一覺了。」

「睡上一覺？怎麼，你睡不好嗎？」

「十八年來沒一天好睡過，徒弟又傻，個個都不讓人省心……」

此時方酌從遠處端著一碗熱湯藥靠近，見他倆靠在門邊遲遲不入，不禁好奇湊近，聽見他倆要走是來道別的便露出苦笑。

「師父正在替段姑娘診斷，怕是不方便進去。」他道方應歸看診時最不愛讓人打擾，是以所有陪同之人都得退開，自個兒也是被支開去熬煮藥材，說罷也關心陸青的傷勢，在他心中是極喜歡這個直率到底的小兄弟，總特別關心。

「已經全好了，昨日你師父便說過已無大礙，雖然說法不大好。」

方酌追問，陸子衿這才說昨日他是以「終於不必每天來看你這張臉，爽快！」做為宣告，雖難聽，卻也實在。

「哈哈，我說過師父人不壞，只是旁人難以理解。」方酌大笑道。

「是個讓人喜歡不起的好人。」陸子衿如此評斷道。

三人又多說了一些家常話才道別，方酌說會替他們告知師父，這才走到門邊輕敲，房裡傳出一聲極端不耐的「等」，與方酌習以為常的「是」，這些他倆都無緣見得，只道往後有緣再相見，可得真正兌現「痛飲三杯」之約。

*

陸子衿站在盛開的梅花樹下，看著點點桃紅飄落至掌心。已許久不曾如此心靜過了。

先前那些鬧心糟心的事隨著時日流逝而化作流水遠去，剩下的便只有日復一日的習慣，陸子衿不討厭如今的生活，他一直是喜靜的。

「師兄。」

一雙手悄悄摟上他的腰並輕輕收緊，接著便是把頭靠在他頸窩中磨蹭。陸青的眼睛已經好了，只是經過險些要失去陸子衿的經歷而變得惴惴不安，一旦逮著機會就想抱著他不放，肌膚之親於他而言是最安心的誓言。

「今兒個眼睛有無不適？」

陸子衿憂心地伸手輕撫那雙眼，陸青也乖巧地閉上眼讓他撫觸，一邊低喃著「感覺挺好」，全是撒嬌的調。

豈止陸青不安，陸子衿也同樣心驚。

他們倆就在無止境的擔心受怕中緩著步伐找回最起先的安穩，牽著彼此的手，不躁進亦不貪快，像一對老夫老妻那般寧靜安適，偶爾停下摸摸對方、親親彼此，竟也美好。

「吃過早膳了？」

「吃過了。師兄，你醃的蘿蔔好吃得很，配粥最好。」

「是嗎？那再多醃些。」陸子衿垂下手又抬起，讓幾片桃花瓣落於掌心，「晚些去見師父可別這般賴著，讓師父看笑話，懂嗎？」

「我想爹他不在意的。」陸青嘿嘿笑著，這般耍賴的樣子倒是絲毫沒變。

「倘若你聽話……」

他往陸青的耳邊低語，聲音極低，旁人壓根兒無法聽清，陸青卻因著內容而紅了臉，瞪大雙眼一副不敢置信的樣子。

「師兄，當真嗎？」

「當真。」

「不耍賴？」

「不耍賴。」陸子衿簡直要笑出來了，這是哪門子的保證？像孩子般！

「好，我定乖乖聽話！」

見陸青如此好收買，他默默記在心裡，以後便用這招收服陸青。接著他輕拍陸青的手，告訴他時辰不早，早些去拜過師父，告訴他大仇已報，讓他老人家在九泉地下安心。

陸雲的墓仍在那裡，兩人點了香，默默訴說心裡話。陸子衿沒讓陸青知道的是丁萱曾說「方應歸也是凶手」這事他已不打算追究，畢竟師母是他的義姊，想必這些年他也不好受，加以他對於兩人而言有大恩，若說以命換命則不夠公允，那麼便說是功過相抵吧。

陸子衿悄悄抬眼，見陸青仍閉著眼，遂放心下來，在心底悄悄加上一句這輩子他都不會讓陸青知道的承諾。

今生今世，來生來世，徒兒定視陸青為結髮夫妻，一生愛之待之，即使生命告終亦非終結。

此時微風吹撫，陸子衿的髮絲像被人輕輕掬起又鬆開般飄舞，他睜開眼，就看見緊緊靠著自己的陸青，那笑容竟無絲毫遮掩。陸青永遠都用全身的力氣表達愛意，相較於陸子衿的內斂，他更顯張揚，可刨根究柢下來皆是愛，刻進骨子裡的愛。

「師兄，我想起一句詩詞。」

「是什麼？」陸子衿但覺驚訝，陸青竟會思及詩詞？

「是……『青青子衿，悠悠我心』……」陸青往他的後頸上親吻，綿延的親吻有些搔癢。

正當他想接著往下吟誦時，卻聽見陸青接著低吟起另一句詩詞，聽著聽著深有感觸，卻也不免低聲罵句：「傻青青。」

迎面一陣清風吹來，陸子衿仰頭深吸口氣，「但為君故，沉吟至今」就這般隨著風遠去，留下相擁互訴衷情的兩人浸在難得的靜謐中相互傾訴。

《師弟請多憐惜》全文完

後記

非常感謝大家能看到這裡，我是冬彌，很高興再一次跟大家見面了。

這一次我嘗試寫了很久很久沒碰的古風武俠，不知道大家還看得開心嗎？

距離上一次我寫武俠已經是一〇年的事了，那時寫的是四大名捕的同人小說，沒想到這麼久之後還能再次接觸武俠，開心之外也非常興奮，師兄弟啊！是我最喜歡之一的師兄弟啊！又是古風武俠，完完全全打中我最喜歡的點！所以我就一股腦鑽進武俠的世界出不來啦！哈哈哈！

對於陸子衿這個角色，我起初給予的形象不像現在這麼成熟老練，而是更青春一點、偏向高中生感的大男孩，陸青自然更幼，但想到古代人相對早熟，所以寫到一半就硬改了，結果反而更有火花，大家應該都不排斥看年紀偏大的人在床事上特別生澀害羞的反差感吼？說不排斥！說超愛！

這個故事本質上來說是個報仇的故事，我在裡頭加入了一些差異性的探討，比如陸青雖是親生兒子，復仇心卻不若沒有血緣關係的陸子衿強烈，由此思考血緣的重要性，與養育的重要性，何者更加重要或更能打入心裡。

相對於復仇的高潮迭起，我在故事的最後安排了類似歸隱山林的結局，這對兄弟一直以來都只有彼此，也依靠著彼此，在無形之中他們也對外構築了城牆，即使在熱鬧城中也牽著彼此相依為命，絕非刻意，而是習慣自然，所以我讓他們在最後回到熟悉的家中，讓這段由兄弟情開始，慢慢轉變為熱戀的情感度個蜜月，甜滋滋的！

最後，在故事中不斷出場的師徒兩人，也是一對相當重要的角色，希望能有機會在下一本跟大家見面，跟大家說說這對師徒胡鬧又亂來、還特別○○××的江湖愛情故事是唷！

那麼，希望你能看得喜歡，也請繼續支持冬彌的作品喔！

偷偷跟你說，我最喜歡被新臺幣打臉了，拜託大家完成我的心願吧吧吧啊啊啊！

冬彌　2019.06.18

藍月小說系列

師弟請多憐惜

作　者／冬彌　　封面繪圖／Drenbof
發 行 人／黃鎮隆

出　版／城邦文化事業股份有限公司 尖端出版
台北市中山區民生東路2段141號10樓
電話：(02) 2500-7600
傳真：(02) 2500-2683
E-mail：7novels@mail2.spp.com.tw
發　行／英屬蓋曼群島商家庭傳媒股份有限公司城邦分公司 尖端出版
台北市中山區民生東路2段141號10樓
電話：(02) 2500-7600（代表號）
傳真：(02) 2500-1979
北區經銷／祥友圖書有限公司
電話：(05) 8511-3851
傳真：(02) 8511-4255
中彰投以北經銷／楨彥有限公司（含宜花東）
電話：(02) 8919-3369
傳真：(02) 8914-5524
雲嘉經銷／智豐圖書有限公司 嘉義公司
電話：(05) 233-3852
傳真：(02) 233-3863
客服專線：0800-028-028
南部經銷／智豐圖書有限公司 高雄公司
電話：(07) 373-0079
傳真：(07) 373-0087
一代匯集／香港九龍旺角塘尾道64號龍駒企業大廈10樓B&D室
電話：(852) 2783-8102
傳真：(852) 2582-1529
E-mail：hkcite@biznetvigator.com
新馬經銷／城邦(馬新)出版集團Cite（M）Sdn. Bhd.
E-mail：cite@cite.com.my
法律顧問／王子文律師　元禾法律事務所
台北市羅斯福路3段317號15樓

2019年7月1版1刷

國家圖書館出版品預行編目資料

師弟請多憐惜 / 冬彌作. -- 1版. --[臺北市] : 尖端出
版 : 家庭傳媒城邦分公司
發行, 2019. 07-

面； 公分

ISBN 978-957-10-8611-8 (平裝)

857.7 108007688

師弟請多憐惜

番外

此生足以

「娘、娘……」

陸青百無聊賴地蹲在地上，她的娘親正踩著高梯，手持塵拂清掃內外。

距離年節雖仍有數月，但四合院極大，全靠她一人打理，思來想去除了早些開始外竟無他法，幸好孩子們都頗懂事，除了陸青仍要娘陪，其餘的挑水燒菜、上街採買、習字學武各有安排，竟無一人落下，多虧陸雲擅教導。

「怎麼了？嫌煩了？」椿苦笑問道，手上動作可沒停下，俐落地掃過牆壁上方，落下一片塵埃。

「嫌悶啦。」陸青一副小大人的樣子埋怨道，「娘陪我玩兒吧，好不？別掃這些灰塵，今個掃了明個又有，青青想娘陪！」

「唉唷，這不清，年節時候可要辛苦。」樁思來想去，突心生一計，揚聲朝外大喊「子衿」，不消多久就見一名灰衣少年走進，滿頭大汗，氣喘吁吁，身材也稍嫌嬌小，一頭長髮高高紮起很是精神，只聽他大喊一聲「師娘」，隨後又朝一旁的陸青道「青青」，禮數格外周到。

「子衿，師娘這兒怕是要清一下午，青青鬧無聊呢，能拜託你陪他一會兒嗎？」

「沒問題，師娘。」陸子衿以為是什麼大事，卻只是陪孩子這等小事，忍不住地笑。

「青青，師兄帶你去玩好不？」他走到陸青面前伸出手，長年習武的手掌滿是老繭，看得陸青羨慕不已。

他多想滿手長繭呀！卻因著年紀太小，陸雲還不肯教他武功，每每他望著在前庭習武吶喊的師兄師姐們總是無比嚮往，無奈年齡不比武學造詣，絕非人力可改，陸青也只能等。

「啊，滿手都是汗，抱歉。」陸子衿以為他盯著看是因為手汗而不悅，便從懷裡掏出一張巾帕細細拭去汗水，再次遞出時上頭已無汗珠。

陸青不懂為什麼自己盯著厚繭看會讓以為是在意汗水，遂嘟起嘴盯著師兄瞧，手掌相觸的微溫與潮溼無法靠巾帕去除，可陸青倒不討厭這般由肌膚磨蹭而有的異樣感受，便乖順地讓陸子衿牽著往外走，他年幼、步伐仍不穩，陸子衿便抱著他向外走，腳步輕盈，像是要去郊遊的兩兄弟。

「師兄，上哪玩呀？玩什麼？」

「嗯……」陸子衿神祕兮兮地笑，一連說了幾個陸青都搖頭，一歲多的小師弟愛玩愛鬧，喜歡新奇的玩意兒，陸子衿說的都是舊事物，自然勾不起他的興致。

「哇，青青都不喜歡啊？」他狀似苦惱地道。

「都玩過了，無趣！」陸青任性地在對方懷裡磨蹭，正想說些什麼時突覺一陣猛烈的風迎面刮來，沒等回神，眼前的景色猛地往下沉，竟是陸子衿抱著他施展輕功高高躍起，在一棵棵樹間穿梭，像道灰影，轉瞬即逝。

「哇——好高好高——」

「青青喜歡嗎？」陸子衿哪會不明白小師弟對武功的嚮往？每回練武都能瞧見他在邊上看，若不是仍走不穩需要人牽，估計會直接闖入他們之間有模有樣地跟著擺姿勢，眸子裡的渴望與羨慕宛如潮水逕自漫出，陸子衿每每都看得笑出來。

「喜歡！」

陸青可開心了，每回見師兄師姐們用輕功玩耍都那麼開心，老早就想嘗試一回了，如今讓陸子衿抱在懷裡飛得老高，不但能看到以往看不見的景色，還不必費神留意腳下，熟悉的一景一物都成袖珍，以往龐大無比的樹木、建築與人們都顯得渺小至極，宛如長心把玩的人偶，精緻小巧，嘆為觀止。

「你瞧，師姊在那。」陸子衿指著四合院裡的小人影道。

「師姊在做什麼？啊，跌倒了！好好笑喔！」

「在抓雞呢。」他道晚些會有客人來，是師父極重視的，所以晚膳格外豐盛，「你二師兄上街買魚去了，今晚你有口福了。」說罷還捏捏陸青的臉頰，這小子貪吃，又因著年紀最小最受寵，什麼好吃的都往他碗裡堆，便長成如今白白胖胖的樣子了。

「師兄拐著彎罵我貪吃！」他可不笨，輕易聽出話中涵義，遂鼓起嘴埋怨。

「師兄哪有啊？」陸子衿大聲喊冤，心裡卻竊笑著，這師弟平日傻歸傻，怎地這時就如此靈光？真是不能小看。

「雞腿不給師兄吃啦！哼！」

「好好好，是師兄不對，師兄壞，給你打嘴巴好不？」

「壞！打打！」

陸青還真伸出手掌在師兄的嘴上一連打了幾下，雖未真的用力，可一連打在同一處也難免讓人皺眉，陸子衿便是這般苦笑著給打，這師弟的性子像爹，無論真怒或假氣都不會久留，過會兒便算了。

「不氣了？那師兄帶你去個地方，高到可以看清整個城鎮。」

如此讓人心動的描述馬上點燃陸青的好玩心，旋即嚷著想去，陸子衿低笑一聲、腳尖一蹬，一連踏過三棵巨樹的樹枝逐步攀高，眼前盡是樹葉與其陰影構成的天然屏障，陸青先是睜大雙眼，不忍錯過任何一景，可讓樹葉連打數下後不得不捨棄此一念頭，改將臉埋在師兄肩頭上細瞧遠去的一景一物，也是快意得很。

「抓緊，青青，我要跳囉。」

語畢，他猛地一蹬！

陸青只覺得有陣氣流由上而下，像瀑布那般往身上撲來，他下意識閉緊雙眼、張大嘴巴，就怕咬著舌頭，且師兄附在自己肩上的手不斷輕拍，宛如安撫，讓他安心不少，直到師兄一句「青青你瞧」方得以睜眼。

「嘩──」

眼前景致堪稱絕美。

他倆如今正站在一座小山丘上，比四合院所在要稍高一些，底下有一片草地，是椿會帶著孩子們前來野餐遊玩之所，約莫兩個時辰便能閒散而至，陸青對此並不陌生，卻從未上至此處，自是看什麼都覺新鮮。

從師兄的懷裡轉而踩踏青青草地，就連微刺的觸感都覺新鮮，陸青憨傻地問哪兒是哪兒，問沒幾處又對地上的花草格外關注，甚至趴下來採摘聞嗅，而後捏著幾朵跑到陸子衿面前讓他蹲下。

「這般可好？」陸子衿單膝彎曲跪下，誰料陸青舉高了手仍搆不著，他只得再把師弟摟進懷中，讓他把幾朵小花盡數別進長髮中，白花與墨色秀髮極為搭襯，加以陸子衿相較於尋常男子更為陰柔，花朵反讓他顯得氣質出眾，宛若天仙。

「師兄這般好看，就這樣插著別摘掉！」他得意地宣告。

「好看嗎？」陸子衿挑起眉朝他笑，他並未隨身攜帶銅鏡，自是無從查看自個兒如今姿態，但他相信師弟不會唬人。

「好看！比娘更好看！」他歡快地嚷道。

這可是絕無僅有的稱讚！

陸子衿明白師弟有多喜歡爹娘，除去血緣之絆，陸雲夫妻也的確疼惜孩子，卻非寵溺，都說真心不必明說，孩子自會感受的到，此話所言不假，每個讓陸雲夫妻照料過的孩子都十分感激能讓人這般在乎疼寵。

「是嗎？那師母可要吃醋了。」

「才不會！不許摘！」

陸子衿一向順著小師弟，竟真的沒把花摘掉，以這般有些滑稽的樣子陪著陸雲一同招待客人，雖有些彆扭可久了便不再有人關注於此，加以陸青又不斷揮舞雞腿要他咬一口，逗得全桌人歡笑不已。

「師兄吃一口！吃一口！」

「吃一口……一口……」

「青青？青青，醒醒。」

陸青猛地睜眼，就見陸子衿的臉靠得極近，只差一些便要親上，濃烈的吐息亦在臉頰上輕蹭而過，好聞得很。

「師兄……」陸青嚥下口水，啞著嗓子喊道。

「做噩夢了嗎？但你一直嚷著『吃一口』，怕是夢到好吃的了？」陸子衿一面以袖口替他抹去冷汗，一面朝他微笑，如今只差一刻鐘便是平時晨起練武之時，可兩人正是濃情蜜意之時，哪捨得放過任何一刻耳鬢廝磨的機會？就連陸子衿也說不出任何拒絕之語。

「我夢到有怪物一直要吃我，嚷著要我讓他咬一口、咬一口。」他把臉埋進陸子衿的懷裡磨蹭，仗著師兄的疼寵縱容而毫無顧忌，甚至仰起臉一副委屈的姿態，只差眼角擠出幾滴淚水，用小狗嗚咽般的嗓音開口說道：「師兄親我一下就不怕了，師兄。」

這般平時聽來賴皮至極，如今卻甜如蜜漿的話語讓兩人均露出微笑，映在彼此眼底的臉孔均洋溢著幸福，與如今回想早已過度遙遠而模糊的那一日，陸子衿抱著陸青在山丘上眺望時的幸福毫無二致。

「親一下便好？」

「親一下！」

見他如此認真，年長的一方先是輕笑數聲，接著緩緩俯下身軀在師弟的嘴角映下一吻，緊接著讓陸青扣著後腦，反客為主與師兄來場清晨歡愛的事兒，宛如那些別在髮上的小花，毫不稀奇，卻美得讓人屏息，在許久之後想起仍清晰如昨日。

「師兄，咱們……」

「哈啊……什麼？」

「咱們去外頭闖闖可好？我想與師兄看遍各地美景，西湖的蓮花、西域的黃沙，還有……」

——還有許許多多，足以讓我倆生命更豐富精采的美景，屆時身旁有你，此生便足矣。